太っちょ悪役令嬢に転生しちゃったけど
今日も推しを見守っています！

Charater
主な登場人物

ダイアナ
乙女ゲームの太っちょ悪役令嬢。
前世でOLだったことを思い出すと同時に
自分が将来、ゲームのヒロインをいじめた罪で
断罪される運命にあると知る。
現在、ダイエットと前世のお気に入りキャラを
愛でることに励み中。
クラウド
ダイアナの執事。黒目・黒髪という、
この世界では珍しい容姿を持つ。
ダイアナの前世である人物の
最愛のキャラクターだった。

セイ
ダイアナの義兄。
攻略対象者の一人で、
頭脳担当。
レイラ
ダイアナのライバル令嬢。
王子に恋をしている。
ルクア
乙女ゲームの攻略対象者の一人。
武闘派担当の脳筋キャラ。
ラウル
王国の王子で、
乙女ゲームのメイン攻略対象。
レイラとは幼馴染。
アンナ
乙女ゲームのヒロイン。
無邪気な愛されキャラだった
はずが……!?

1

トルテッド王国の、とある貴族のお屋敷。美しい中庭で自分の取り巻き達とティータイムを楽しんでいた私は、気づいてしまった！　ここはあれだ！　従姉妹《いとこ》のお姉ちゃんと一緒にどハマりしていた乙女ゲームの世界⁉

プルプル手が震え出した私に、令嬢達が心配して声をかけてくる。

「あの……ダイアナ様？　どうかされましたか？」

……そう、私はダイアナ・レイモンド。十歳。

うぁおあああああぁおああぁお⁉

「ダ、ダイアナ……ですと？」

あの、あの、どのルートでも断罪される悪役令嬢！　しかも太っちょ！

確かに私の目の前には沢山《たくさん》のケーキが並べられている。いや、お前どんだけ食べるんだよ⁉　我ながら太っちょまっしぐらやん！　モンブラン十個は気持ち悪いよ⁉　しかも、いくら招待されたとはいえ、人様のおうちで‼

「……や、痩《や》せなきゃ‼」

私が慌てていると、一緒にいた令嬢達がなだめてくれる。

「あ、あの！　ダイアナ様は少しふくよかなほうが可愛らしいですわっ！」

「そ、そうですよ？　無理してはお体を壊してしまいます」

ダイアナは王家に次ぐ、位《くらい》が高い家柄出身、ゲームの中でも周りのみんなは彼女を怖がっていたもんね。少しでも機嫌を損ねないよう気を使っているのはわかるけど、でもねー……

「私、皆様のように美しくなりたいんですものっ！」

「えっ⁉　えと……ダイアナ様？」

令嬢達は豹変《ひょうへん》した私に戸惑《とまど》っている。私は彼女達一人一人を見つめた。

可愛いよ！　みんな！　ドレスも似合ってる！　それに比べ、私は肉でぱつんぱつんだもん！

「みんなはとても可愛いです！　それでは、私は用事を思い出したので帰りますね」

「あの、これから王子様に会いに行くのではないですか？」

「私、興味ないから行きませんっ！　大丈夫！　みんな可愛いから王子もメロンメロンよ！」

ニッコリ笑顔で挨拶《あいさつ》をし、その場を立ち去った。


さて、屋敷の自分の部屋に帰りついた私は、自分の容姿をマジマジと見て一人で頷《うなず》く。うん、あれだ。

「イケパラ王子とラブきゅん物語‼」

前世の私がＯＬ時代ハマってたやつ。従姉妹《いとこ》のお姉ちゃんが「見て見てー、アラサーがーどハマりしたーゲームでっす★」とすすめてきたものだ。乙女ゲームなので、いわゆる攻略対象者と呼ばれるイケメン達と恋愛するのがメインなんだけど……

彼女は男に振られ続け、私も初めて付き合った彼が浮気した頃だったので、二人で世の中の男なんてと酒を飲みながらプレイした。

あんまり覚えていないけど、攻略対象者は何人かいる。私は推し——特に好きな子がいたから、その子のルートばーっかりエンドレスでプレイしていたのだけは記憶していた。

いや、前世の話はとりあえずいいや。問題はこれからどうやって生きるかだ。ゲームに出てくる悪役令嬢ダイアナは太っちょで、性格が悪くて、ゲームヒロインに嫉妬《しっと》したあげく嫌がらせをくりかえし……最後は攻略対象者達に断罪されてしまう。それをなんとか回避せねば。

とはいえ……

「とにかくこの家は、私を甘やかし放題なのよ！　お菓子はダメ！　野菜食べなきゃ！　うああニキビもできてるよぉおぉお!!　よし！　ダイエットよ！　そして、私は断罪されないように、まずはゲームのキャラとは関わらない方向で！　あとはアレだ！　ヒロインをいじめなければよいのよ!!　うん！　よし!!　ヒロイン……どんな顔だろ。よく考えたら、画面に出てきたのは、攻略対象者ばっかりだからなーヒロインわからないけど、大丈夫！　私は生きるわ!!　気合よ！　よっしゃあああ！　もし追放されたら、庶民と結婚する！」

私はベッドの上で飛び跳ねながら大声を出す。

「……あの……ダイアナお嬢様……夕食のお時間です」

そこにタイミングよく、声をかけられた。

「……あ、あら、そう？　今行くわっ」

執事のクラウドだ。黒髪で半ズボンをはいている男の子。

……そう、前世の私の推しはクラウドだった！　こんな弟が欲しかったのよ！　ゲームでは青年だったけど、今はまさにショタ!!　執事のクラウド、ちっさ!!　可愛いー！　撫《な》で撫《な》でしたああい！　うあああああ！　心の声は騒いでますよ！　冷静に！　令嬢らしく!!　ふほ！

私はどうにか落ち着きを取り戻す。そして、クラウドにたまたま持っていた飴《あめ》っこをクールに渡した。

クラウドは首を傾《かし》げる。ちくしょうめ、可愛い！

「あの？　お嬢様……なぜ飴玉《あめだま》……」

「ふっ、いいのよ」

飴《あめ》っこを渡したわ！　可愛い子には飴《あめ》っこをあげなきゃならないからね！　よっしゃ、これからは常に用意しておこう!!

クラウドも攻略対象者だけど、めちゃくちゃ可愛がるから、大丈夫！　そしたら断罪されないわよね!?　そして他の攻略対象者達とは関わらないで適当にほっとくのが一番ね!!

ところが、その後呼び出されたお父様に言われる。

「可愛い私の娘ダイアナ。来月、王子の誕生日会があるから出席するぞ★」

「っ、ゴホっ!!」

え、誕生日⁉　あー、ダイアナがメイン攻略対象である王子に一目惚《ひとめぼ》れするイベントか⁉

どうしよう。……とりあえずムシャァと野菜食べとこ。うん。王子とかより健康一番！　ダイエットよ！　明日から運動しよ！

そうして私はダイエットを始めたのだった。

「――よんじゅうっっ……はぁああちっ！　ゼェはぁ……よんじゅうぅっっっうっ！　きゅうぅー！　……ぷは！　ダメだわ！　お腹《なか》のお肉が邪魔して腹筋ができないっ！」

なんてワガママな体なの‼　贅沢三昧《ぜいたくざんまい》しすぎよ、ダイアナ！　いや、うん、私だけどさ。

私は今、部屋で一人運動をしていた。

「これは、あれかな！　激しいダンスとかいいかもね！　有酸素運動して、次はヨガよヨガ！　脱太っちょ‼　くっ……コーラが飲みたい！　いえ、私は負けないわ！　うおりゃあああああ‼」

そこにドアを叩《たた》く音がして、誰かが部屋に入ってくる。

「お嬢様、朝食の準備が整い――」

「……あ」

クラウドだった。今日も可愛い。

いやいや、またおかしなところを見られてしまったわ！　今は、前世で言うところのジャージ姿なのよ、どうしよう⁉　ここはあえて、平気なフリをしましょうか。クールな令嬢になるんだもの、どんな場面を見られようとも常に胸を張っていかなきゃ。ふっ……それに私は前世では大人だったもの。大人の余裕がないとね！

「クラウド、おはよう。もう朝食の時間なのね、ふふ、やだわ、私ったら」

けれど、たまたま通りかかったメイドが私の姿を見て叫んだことで、屋敷中の人が集まってくる。

「きゃー！　ダイアナお嬢様！　なんですか！　その格好は！」

「あ！　旦那様が倒れてますっ!!」

「ダイアナ！　貴女《あなた》なんですか！　その格好は！」

両親まで来た。

「お母様！　これこそ大人の余裕ですわ」

結局、母に叱《しか》られ、メイド達に髪や服をセットしてもらう。そんな私を見て、クラウドは少しだけ笑っていた。

そうやってダイエットに励んでいたある日。クラウドがドレスを持ってきてくれた。王子の誕生日パーティーに着るためのもので、ド派手なピンク色のドレスだ。こんなの着たら子豚《こぶた》と囁《ささや》かれる。

「……ピンクはダメね。無理だわ。ブタ呼ばわりされちゃうもの」

「え？　でもお嬢様はピンク色が一番好きだとおっしゃってたじゃないですか」

「これ、王子様の誕生日会用でしょ？　私はお王子に興味ないから張り切らなくてもいいかなー。ピンクは似合わないし、そうねー、青か紺色《こんいろ》。無難な色でいいわ。せっかく持ってきてくれたのにごめんなさい。ありがとう。このドレスはお金にして、身寄りのない人が集まる施設にでも寄付してあげて？」

そう、控えめに！　出しゃばらない！　そーっと出席してすぐに帰るのが一番なのよね！

ん？　クラウドが目が点の状態で固まっているわ。どうしたのかしら？

「お嬢様は変わられましたね、少し前までは周りに厳しく、いつも私を罵倒《ばとう》していたのに」

「クラウドを罵倒《ばとう》!?　くっ……許せないわね」

「……いえ、だからお嬢様がしてたんですが……」

「クラウド！　何かあったらこの姉が貴方を守るわ」

「私、お嬢様より一つ年上です。あと、何ですか。その姉って。ふふ、お嬢様、少し変ですよ」

フワッとした笑顔が可愛らしいクラウドに、私は心の中で叫ぶ。

可愛いよ！　ちくしょうめ！　お小遣い渡すわよ!?

いや、ダメだ！　落ち着け自分！　冷静に！　冷静によ！

「と、と、と、とりあえず、私はダイエット中なの。今後お菓子は控えるわね。あと食事も野菜中心にと料理長にお願いしてちょうだい」

「かしこまりました」

素直に従う私の推し。彼の成長を私は温かく見守るの！　もしかしたらヒロインと出会い恋に落ちるかもしれないしね！

よし！　今日は屋敷の周り二十周は走ろう！

その夜のことだ。

「んぐっ……あと、さんしゅう……」

「……さま」

「もぐっ……んぐ。あとにしゅう」

「お嬢様!!」

ハッ！　何!?

なぜか、私はハムを頬張っていた。

「んぐ!?　むっ、なんて香ばしいハム！　って違う！」

「お嬢様……」

後ろを振り返ると、ランプを持ったパジャマ姿のクラウドが哀れんだ顔でこちらを見ている。

「……クラウド……ふふ、私は夢遊病みたいね」

「どうして自信満々なんですか？　夕食にトマトしか食べないからです」

ハァとため息をついた彼はキッチンに入り、手際よく野菜スープを作ってくれた。

「運動ばかりでなく、きちんと食事を摂らなくてはいけません」

クラウド君よ、君は本当に十一歳かい？　しっかりしてるわね。さすがクールな令嬢ダイアナの執事だわ！

クラウドが作ってくれた人参《にんじん》スープはとても美味《おい》しかった。

「ありがとうっ、クラウド」

＊　＊　＊

「――二キロ！　減ってるわ！　よっしゃあああ!!」

前世の記憶を取り戻してから一ヶ月たった。私は自分の部屋にある手鏡を持ち、肌チェックをする。

よし！　ニキビは絶滅した！

「ふふ、たまごみたいにツルツルだわ。元々まだ十代だもの！　二十代後半とは違うっ!!　メイクもあまりしないほうがよいわね」

そこにまたしてもクラウドが現れる。

「お嬢様、朝食の時間で――」

ニヤニヤしながら鏡を見ていた私を、可哀想なものを見る目で見てくるクラウド。

え？　ナルシストではないよ!?　違うよ？　あー、その残念そうに見つめる表情もいいわね！

「ふっ、さすがクラウドね」

「……話がまったく見えませんよ。お嬢様」

さて、今夜はあの日だわ。そう、王子の誕生日パーティー。悪役令嬢ダイアナはこのパーティーで王子を好きになるのよね。婚約者候補として我が物顔で王子にベッタベタして、王子はウンザリしてたっけ。

「今夜は王子の誕生日パーティーです。王宮のパーティーは華やかでしょう。楽しみですね」

「ふふ、クラウド貴方の誕生日は六月よね」

「……なぜ知っているのですか……」

キャラクター公式設定ガイドブックに載っていたのよ！　えっへん！

クラウドはコツンと私のオデコを叩《たた》く。

「まったく、そのドヤ顔も何ですか？　とりあえず早くドレスに着替えましょう。メイドを呼んできます」

私は青いドレスに着替え、髪はクルクルと巻いてもらった。

はあー王宮かあ。ダイエット中だから美味《おい》しい食べ物はおあずけ状態――

「己《おのれ》との闘いが始まるのよねえ」

それと王子ね王子。うん、会わなければいい話!!

「よし気合入れたわ！　行くわよ！」

「……お嬢様……歩いて行かれるのですか？　一人でブツブツ言わず早く馬車に乗ってください」

「ふふ、さすがクラウドッ！　私もそうクールに思っていたところよ」

最近物怖《ものお》じせずズバズバと話す彼。時々見せる笑顔がまた可愛らしい。今夜は彼が付き添ってくれるから、その間、いかに優秀な執事か見守ってあげることにしよう。

そして、お城に着く。

ゲームの画面ではよく見ていたものの、お城って凄《すご》いわね。前世でヨーロッパに行ったこともあるけど、全然違うわ。全て大理石でピカピカ！　シャンデリアもキラキラしていて、食べ物もご馳《ち》走《そう》ばかり。

周りにいる貴族達のドレスもそりゃ派手派手！　庭には綺麗なお花が咲いていて素敵だわ！

「ダイアナ様！　素敵なドレスですわね」

「お肌が以前よりツルツルですわ！　どうしてですの？」

ゲームでは取り巻きだった彼女達とはよき友人になっている。色々健康にいいとされる野菜を教えてくれるありがたい存在なのよ！

「ふふっ、皆さんありがとう。まだ全然痩《や》せてはないのだけど、お肌のためにヨーグルトを毎日食べたり、運動したり、半身浴などを心掛けてたのよ」

会場でそんな話を令嬢達としていると……

「おい！　そこの執事！　俺様にぶつかっといてなんだよ！　その態度は！」

クラウドが貴族のご子息達に絡まれた。

「しかもお前、黒髪に黒目なんて気持ち悪いな！」

そう罵倒《ばとう》されても何食わぬ顔で、「生まれつきなものですから。申し訳ありません」と、しれっとクールに彼らをかわすクラウド。ナイス！　さすが、我が推しキャラ!!

ゲームではあまり注目されていなかったが、この世界では黒髪、黒目は珍しい。だが、クラウドはそこに触れてほしくなさそうだし、私は気にしていない。

「まぁ、あの方達、ダイアナ様の執事と知らずに……」

友人達はオロオロしていた。でも、私はこんなことで怒らないわ。優雅に令嬢らしく、彼らに注意をするのよ。穏便に穏便に。

「こいつ無表情だし、親にでも捨てられたんじゃないのか！」

「あははは！　いえてるー……グハッ!!　ひっ!!　ダ、ダ、ダイアナ様!!」

「……おい、ガキ。その口縫ってやろうか？」

いつの間にか、言葉が口から出ていた。

「ダイアナお嬢様……レディが男性の胸倉を掴むのは、はしたないです。私なら大丈夫ですから」

そうクラウドにたしなめられる。

「あ、あら？　ふふ、君達ごめんなさい。はしたなかったわ。……でもね、彼は私の大事な執事で、弟のような存在なのよ。今度、何かしたら……わかってるわよね？」

笑顔で私は彼らに注意する。すると、彼らは「すいませんでしたあああ」と言って逃げていった。

「クラウドッ、怪我はなかったかしら？」

すぐに私はクラウドの周りを何周か回って怪我をチェックする。

「……お嬢様、犬みたいに回ってはダメですよっ。……でもありがとうございます」

またオデコをコツンとされたものの、クラウドは可愛らしい笑顔を私に向けてくれた。

うあああ！　可愛いよ！　そのスマイル！

後ろにいた友人の令嬢達も普段無表情なクラウドの笑顔にときめいている。

あ、でもさっきの私を見てドン引きしちゃったかな……チラと様子を確かめると、彼女達は私の手を握って「ダイアナ様！　かっこよかったですわ」、「あの者達は以前から嫌味ばかり言ってて。

私スッキリしましたわ！」と言ってくれた。大丈夫みたいだ。

その時、笑い声が聞こえてくる。

「クスクス……凄《すご》いね」

クラウドも周りにいる令嬢達も、一斉にお辞儀をし始めた。

「あ……」

「ダイアナ嬢、そして皆さん、こんばんは」

にっこりと微笑《ほほえ》む金髪ショタ少年は、この国の王子であり、ゲームではメインヒーロー——ラウル王子だった。

高スペック王子……それが彼だ。前世では一番人気が高かったキャラ。

一方、推しキャラのクラウドは最下位だったなぁ、ネットではクラウド様素敵！とかの声もあったのに、結局ほとんどの人は王道で優しく甘い王子が好きだと語っていた。あー思い出すとムカムカしてくる！

「えと……ダイアナ嬢？　なんだか眉間《みけん》にしわ寄ってるけど？」

キラキラしたオーラを放つラウル王子が私に話しかけてきた。後ろにいる令嬢達は頬を赤らめて彼を見つめる。

推しのクラウド君は……よし！　相変わらず無表情ね！　執事モードだわ、素敵よ！

「このたびはお誕生日おめでとうございます。ラウル王子」

私はとりあえず挨拶《あいさつ》をした。この後、サッサと帰ろう。ご馳走《ちそう》があるけど、食べすぎてダイエットが台なしになったら怖いし、うん。

その時、ラウル王子が令嬢達に目配せする。令嬢達は、突然、口々に言い始めた。

「わ、私、お父様に用事があるんでしたわっ」

「わわわ私もあの、義理の姉のそのまた従兄弟《いとこ》の方のお友達に用事があるんですわ！」

そして、そそくさと退散する。くっ……先を越されてしまった!!

「ダイアナ嬢、なんだか変わったね？」

「もしかしてこのお肌のことですか!?　ふふ、やはり十代のお肌は無敵ですわ」

「いや、違うよ。以前は食べてばかりだったじゃないか？」

「ラウル王子……砂糖は女の子にとって蜜でもありますが、毒でもありますわっ！」

「え？　何？　砂糖の話をしてるわけではないよ？」

「あら、わかってますわ。私、太っちょから卒業したいんです。だから断罪はごめ……ではないわ、とにかく健康的に痩《や》せて将来、働き者の優しい庶民の旦那様と結婚をするのが私の夢ですわっ」

仕方なく、ラウル王子に微笑《ほほえ》んで説明をすると、彼はクスクス笑う。

お？　どうして、人の夢を笑うのかしら？　私はアピールしたわよ？　貴方にこれっぽっちも興味ないとアピールしたわよ!?

「あははっ！　うん、なんか面白いねダイアナ嬢！」

ラウル王子はついにお腹《なか》をかかえて笑い、私の手を握る。

「ねえ、あっちに美味《おい》しい野菜プリンがあるよ？　砂糖を控えてるからダイエット中でも大丈夫。

持ってこようか？」

なんと！　野菜プリン！　え、この子いい子だわ。私がダイエット中だからと甘さ控えめなものを教えてくれた。

キラキラした目で見つめると、ラウルはニコニコする。けれど、執事のクラウドは、「……では私が持ってきましょう」と、スッと間に入ってきて、少し眉をひそめた。

「あー、君、ダイアナの執事だっけ？　ふぅん、僕が持ってくるから君は控えててよ」

「いえ、これは私の仕事です。ダイアナお嬢様の執事ですから」

「王子の僕がいいと言ってるのに？　僕が野菜プリンを持ってくるよ」

二人は睨《にら》みあう。

そんなに野菜プリン、人気なのかしら……

「それなら三人一緒に食べましょう？　ふふ、二人共食いしん坊さんだとは知らなかったわ。プリンは私が持ってくるわ！　二人は待っててちょうだい」

なぜか二人はポカンとしていた。それに構わず、野菜プリンを取りにいく。

少し歩くと確かにプリンがあった。

あー残り三つ!!　運がいいわね！　人数分あるなんてラッキーよ！

「あらあら、まあ！　お一人でプリンを三つ食べるなんて、さすがダイアナ様ですわね！」

そこに、茶色の髪の綺麗な令嬢が声をかけてきた。

彼女はレイラ様。私の家とは対立している権力のある家の娘で、ラウル王子の婚約者候補の一人。

乙女ゲームにも出てきていて、同じ悪役令嬢の立ち位置ね。

「ダイアナ様、また太ったのではなくて？　ぷぷ、やはり貴女《あなた》は食べてばっかりですわねぇー、見苦しい姿だわ」

レイラ様の後ろにいる取り巻きもクスクスと私を笑う。

「まあ、豚《ぶた》がプリンを食べようとしてますわ」

「レイラ様のように美しくもないですわねっ」

ま、確かに私は太っちょだからねえ。でも、負けるつもりはない。

「そうですねえー。レイラ様のように性悪な性格にならないように心掛け、素敵な令嬢を目指していますわ」

そう言ってニッコリと微笑《ほほえ》むと、彼女は近くにあったトマトジュースを私にかけてきた。

「むっ、昔から貴女《あなた》は気にくわないのよ！　ブス!!」

取り巻き達もレイラ様に続いて、トマトジュースをかけてくる。

トマトジュースが勿体《もったい》ないわよ!?

「ふふふ！　ブスはブスで早く帰って――……ヒッ!!」

「……ん？」

突然、レイラ様と取り巻き達が青い顔をしてブルブル震え出した。

振り向くとそこには、推しのクラウドとラウル王子の二人が立っている。

「……クラウド、ラウル王子……プリンがトマトジュースだらけでダメになったわ」

「え？　そこ？」

「お嬢様……」

彼らはそろって残念そうな顔をした。

トマトジュースだらけになったからプリンは諦めなさいとクラウドとラウル王子に優しく伝えてあげたのに、なぜか二人は違うとか何とか言う。

「お嬢様、とにかくドレスや髪がトマトジュースだらけです。幸いここは目立つ場所ではありませんが、いつ人目につくかわかりません。早く立ち去りましょう」

クラウドが自分の上着を脱ぎ、私に羽織《はお》らせてくれた。

おっ！　推しの!!　執事ジャケット!!　しかもまだ幼いクラウド君のっ！

うわわわわ！　嬉しいよ！　可愛いよ！　心配そうに主人を見つめるクラウド君に、私は一票あげるわ！　でも、ここはクールに令嬢らしく当たり前のように振る舞わないとねっ！

――あら、ありがとうクラウド。

「キャワユスッ!!」

あ、心の叫びと口にすべき言葉を逆にしてしまったわ。

クラウドとラウル王子は私の言葉に、理解不能という顔をする。

が、ラウル王子はすぐに表情を戻すと、くるりと振り返り、令嬢達にニコニコと笑顔で「僕の誕生日によくもこんなふざけたことしてくれてるね？」と言った。

加えて無表情で殺気だつクラウドが彼女達を睨《にら》む。

令嬢達はプルプルと震え涙目になり、その場から逃げていった。

「……二人共そんなにプリンが食べたかったのね」

攻略対象者である彼らもまだ子供ね。ふふっ可愛いもんだわ。

「違うよ。ダイアナ嬢。色々と違うから」

「……お嬢様何か勘違いされていますが、別にプリンにこだわってはいませんからね」

二人が口をそろえる。それはともかく、まあ、確かにドレスや髪がトマトジュースだらけだし、私は帰ったほうがいい。

「ラウル王子、私はこのまま帰りますわ。それではまたご機嫌よ――」

そう言いかけた時、ラウル王子に引き止められた。

「ねえ、今度友人も連れて遊びに行っていいかな？」

え？　なんで？　プリンの恨みでもないわよね？

「……えぇ、別に構いませんが……」

「それと僕に敬語とか、いらないから。これからは友人として仲良くなりたい」

「……わかったわ……」

コクンと頷《うなず》く私にラウル王子はニッコリ微笑《ほほえ》み、またね、と手を振った。私はクラウドと帰途につく。

「ん？？　何がしたかったのかしら……？　敬語いらないとか、ゲームではヒロインに言う台詞《せりふ》のはずだし」

接触しないでいようと思っていたけど、友達として仲良くなるのはいいかもね。王子は友達を傷つけるようなことしなそうだし！

隣ではなぜかムスッとしているクラウド。

「クラウド？　どうしたの？」

「……あの王子のことを好きになられましたか？」

「え？　私の好みでもないし、好きでもないわよ？」

クラウド……お腹《なか》が空《す》いて、ご機嫌斜めなのね。まだ子供なのに、目の前にあるご馳走《ちそう》を我慢して私の後ろに控えていたんだもの。

私は彼に飴玉《あめだま》をあげた。

「ふふ、この飴《あめ》っこを貰えるのは執事である貴方だけの特権よ」

するとクラウドは、目をぱちくりさせたかと思うと、さっきまでのムスッとした顔から天使のような可愛らしい笑顔になる。

「はい、ありがとうございます」

そう言って飴玉《あめだま》を大事そうに受け取ってくれた。

飴玉《あめだま》、そんなに好きって設定あったっけ？　ま、可愛い笑顔を見られたからよし。今日も私の執事は素敵だったわね！


次の日。

「──ねえ、ラウル王子……」

「なんだい？」

「私、確かに遊びに来ていいとは言ったわ。でも次の日なんてありえないわよ」

ラウル王子が屋敷に遊びに来た。しかも早朝。私、今起きたばかりよ。

「うん、僕の友人もそろそろ来るよ」

私の言葉は無視だ。今日は運動をする予定だったのになー。

「──ラウルー!! なんか面白い奴がいるって？ どいつだ!?」

続いて、朝から大きな声ではしゃいで我が屋敷へ入ってくる、赤い髪の少年。

面白い奴って私？

「やあ、ルクア。この子だよ、ダイアナ・レイモンド」

ラウル王子が私を紹介する。赤い髪の少年は、ジロジロと私を見た。うん、私も彼を見たことがある。

「彼は僕の友人、ルクアだよ」

「ルクアだっ！ よろしくな」

攻略対象者のルクア。赤髪で、確か剣の達人で悪役令嬢ダイアナを剣で斬り刻むキャラだっ！

昨日に続いて攻略対象者と会うなんて!!

私の顔から血の気が引く。

「ダイアナお嬢様？ どうされましたか？」

紅茶を淹《い》れてくれたクラウドが、心配そうな声を出した。今日も可愛らしいわね。うん。

「……いえ、別になんでもないわ」

とにかく！　斬り刻まれるのはごめんだわ!!

「――で、何して遊ぶんだ？」

私の様子を気にもせず、ワクワクした顔でそう言う赤い髪の少年、ルクア。

彼はラウル王子の親戚にあたるので、王族の一人なのよね。攻略対象者でもある。兄がとても強くて憧れている反面、コンプレックスを抱いてもいるというキャラだ。そんな彼をヒロインが温かく励《はげ》ますのよね。

で、色々あって太っちょ悪役令嬢ダイアナを斬り刻むんだわ。

ヤバイわね。私、この子より強くならないといけないかもしれないわ。

ところで、クラウドは……あ、紅茶を零《こぼ》して焦っている!!　平気なふりをしようとしているのに、完璧主義な彼には無理で、可愛いわ！　朝から貴方はなんて可愛いの!!

「ふふ、今日もよい一日になりそうだわ」

私の機嫌は一気に浮上する。

「――ところで、ダイアナ。今日は何して遊びたいかな？」

そこにラウル王子が紅茶を飲みながらニコニコと話しかけてきた。本当になんでそんなに笑顔なのかしら？　この私のおたふく顔が面白いとか？

「おいっ、まさかつまらないお茶会とかじゃないよなっ!?」

ラウル王子の隣に座っているルクアが青ざめながら言う。どれだけお茶会嫌いなのかしら。

「いえ、今日は運動をする予定よ」

「お⁉　何何！　俺、体を動かすの好き！　何するんだよ？」

そう、今日はダイエットのための運動をする予定だったのよ。なのに朝から王子達が来て……これじゃクラウドの執事っぷりをゆっくり見守れないわ。

「ダイアナはダイエット中なんだっけ。うん、運動いいね」

「あのラウル王子――」

「ラウル」

「え？」

「王子はいらないよ。僕のことはラウルと呼んでね」

「あ、俺のこともルクアって呼んでな。ダイアナっ」

「わかったわ……ん？」

二人共ニッコリと微笑《ほほえ》みかけてくるけど、なぜかクラウドはムスッとしている。

「クラウド？　どうかしたの？　お腹《なか》でも痛いのかしら？」

「……いえ、大丈夫です。あの、ダイアナお嬢様、運動なさるなら服を着替えましょう」

そんなこんなで、私は動きやすい格好に着替えた。

これは特注で作ってもらった、ジャージよ！　やはりこの格好が一番よね。

ラウル王子とルクアは驚いている。

「ダイアナ、令嬢なのにその格好。凄《すご》いね」

「ぷっ、おまっ、その格好っ！　ズボンとかはいてるし。似合うじゃねえかっ」

「ふふ、ラウル、ルクア。これはジャージというものよ、動きやすい服装なの」

色々とおしゃべりしているうちに、二人は自分達は剣を習っていると話し出す。ルクアは剣術の稽古《けいこ》ばかりしているが兄達に勝てないとボヤいていた。

「どうしても、兄貴達に勝てないんだよなあー、ラウルには勝てたのに」

「ギリギリだけどね」

「お、ラウルやるか？　また剣で勝負するか」

「うん、いいね。ちょうど練習用の木の剣があるから準備運動がてらに手合わせしよう。ダイアナ、少し見ててね」

そう言われるが、私は一歩前に出る。

「そうね。ルクア、少し勝負しましょう」

「「え？」」

「おい、令嬢のお前が剣術なんて習ってないだろ？」

「そうね。でもやってみないとわからないわよ？」

ふっふっふ、私、前世で剣道してたもの！　ちょっぴり違うかもしれないけど腕がなるわ！

「すっげー自信満々な顔だな。よし！　勝負だ！」

けれど、スッとルクアと私の間にクラウドが入る。

「失礼ですが、ダイアナお嬢様はレイモンド家の長女、大切な方です。お顔に傷がついたら……」

「そうだよ、もしダイアナに傷をつけたら、ルクア責任とらされちゃうよ？」

「大丈夫だ！　万が一の時は俺が責任とって嫁にするさ‼」

ラウルもクラウドに加勢するが、ルクアは平然としている。

あらまあ、可愛らしいこと言うのね。まだまだ少年だわ。ふふ、ヒロインが現れたら、そんな軽々しく言えるかしら。

「……あぁ？」

クラウド？　どうしたの？　今ヤンキーっぽかったのは気のせいかしら？？？

「あのクラウド。私は大丈夫よ、すぐに終わるから」

「……かしこまりました」

二人共、怪我防止にと、メイド達に変な被りものを被せられる……これ、どう見てもヘルメットよね……

そしてようやく勝負が始まった。私は両手で木の剣を握り構える。構え方が変わっているせいか、ルクア達は不思議そうな顔をした。そうね、これ剣道の構えですもの。

心配そうに私を見ているラウルは審判役だ。

「いざ！　はじめ‼」

悪役令嬢ダイアナはこの子に斬られる！　そんなのはごめんだわ！

私は大きく息を吸い、声を張り上げる。優雅にクールな令嬢らしくっ‼

「めぇぇぇぇぇぇぇぇぇぇぇん!!」

「へ？」

そう一言ポソッと呟《つぶや》いたルクアは、私に敗北した。

――あの直後、気絶したルクアは、目が覚めてすぐ私を見た。

よし、これで私を避けるようになるわね。やっぱりあまり関わらないほうがいいもの。いつかヒロインに優しく励《はげ》ましてもらいなさい。とにかく私は斬られるのは嫌よ。

「ダイアナ！」

「えっ⁉」

ところがルクアは、キラキラした目で私の手を握る。

「お前、強いんだな！　しかもあれ、何だよ？　叫び声！　面白すぎ！　今度また遊ぼうぜ！　次は俺の苦手なお茶会でもいいし、また会いに来る!!」

なぜっ⁉

そこでラウルがジトッとした目でルクアの手を私から離した。

「なんだかルクアを呼ばなければよかったよ……」

そうよね。やっぱり友人を傷つけられたら、心配になるよね。大丈夫よ、彼はこれから強くなるし。

二人は、夕方になると、「またね」「またな！」と帰っていく。

え、また来るのかしら……

「……二人目か……」

後ろに控えていたクラウドが、そんな意味のわからないことを呟《つぶや》いた。

それよりも――

「クラウド、今日は沢山《たくさん》運動したから体重減っているかもしれないわっ」

2

私立アーモンド女学園は貴族の娘達が学ぶ場所だ。

いわば、あれね、お嬢様学校。娘達には執事やメイドがついており、その者達も別の教室で学ぶことになっている。

ふふ、つまりクラウドと一緒だから、学園の中でも彼を温かく見守ってあげられるのよね！

「――ダイアナ様やはり少し痩《や》せてきましたわ」

「以前お会いした時より、確かに痩《や》せてきましたわね！」

本日、学園で友人達とお喋《しゃべ》りをしていると、痩《や》せたねと褒《ほ》められた!!　嬉しい!!　自分ではまだまだだと感じているけどね！

ちなみに友人の名前はケイティ様とカナリア様。二人共ゲームでは取り巻きの一人だったけど、今では優しくて綺麗な自慢のお友達だわっ！

「ふふふ、実は背中のお肉が少ーしだけなくなり、ドレスもこころなしか余裕があるようになりましたの！　ただ、まだまだ理想の体型には程遠いです」

私はみんなに褒《ほ》めてもらえたことで笑顔になる。彼女達の執事、メイド達と一緒に控えているクラウドを見ると彼もニコッと微笑《ほほえ》んでくれた。相変わらず可愛い!!　ダイエット頑張れるわねっ！

そこに甲高《かんだか》い声が聞こえる。

「ほほほ！　ブタはいつまでたってもブタよ!?」

……あら、レイラ様達だわ。

彼女は王子の誕生日パーティー以来、なぜか私に突っかかってくるようになった。ケイティ様とカナリア様はレイラ様が苦手みたいだ。

女学園でも色々派閥がある。どこの世界でも女同士ってややこしいわよね。うんうん。

「いえ、それより！　ダイアナ様！　貴女《あなた》、最近急に成績が上がってきたそうじゃないっ!?　不正してるんじゃないかしら!?」

「え？　あー……！」

突然、レイラ様に言われて思い出す。ゲームの中のダイアナは勉強ができなかった。でも私は、何事も疎《おろそ》かにしたくなくて、とにかく必死で学んでいる。クールな令嬢は勉強もできないとね！

「私、お勉強も頑張りたいと思いましたの」

すると、隣にいたケイティ様が私にコソッと教えてくれる。

「あの、ここのところずっとダイアナ様が成績一位をとられてることが悔しいみたいですよ」

そこでレイラ様は私を睨《にら》んだ。

「しかも！　貴女《あなた》婚約者でも何でもない分際でラウル王子と密会してるなんて、ブスのくせにっ！」

「まあ！　ダイアナ様に、失礼ですわ！」

カナリア様がそう言ってくれるけれどブスも太っちょも自覚しているので、私に反論はできない。

結局、周囲の令嬢達が言い争いを始めてしまい、とにかく「私の開くお茶会に来なさい」とレイラ様が言ったのを了解したところでお開きとなった。勿論《もちろん》ラウル王子とルクアを連れてくるように、という要望付き。お茶会嫌いなルクア……は微妙よね。来てくれるかしら？

とにかくあんなに嫉妬《しっと》を剥《む》き出《だ》しにするのは恋する乙女だからってことくらいわかる。

「ふっ、恋も大変ね……」

やはり王子達はモテるのねと感心していると、クラウドがレイラ様を睨《にら》んでいた。

そんなクラウド君も、可愛いわね！


そして、レイラ様主催のお茶会当日。

煌《きら》びやかな真っ赤なドレスを着たレイラ様が登場した。

メイクが濃いわよ!?　まだ肌プルプルなのに！　痛めつけてるわ！

「えと……レイラ様、とても印象的なドレスですわね」

「あら!?　ダイアナ様は、普段通りの格好だなんて……！　随分余裕ですこと！」

いや、うん、もー本当はクラウドと一緒に運動したかったのよ!?

そんなふうにレイラ様に絡まれていると、ラウルとルクアもやってきた。一斉に令嬢達が群がる。

「まあ！　ラウル王子だわ！　ご機嫌よう！」

「あぁ、こんにちは」

「ルクア様!!　私は伯爵家の――」

「あーそうか、よろしく」

……あら？　なんだか二人共……具合が悪いのかしら？　いつものテンションとは違うわね。

「ラウル、ルクア、ご機嫌よう」

けれど、声をかけると、二人は私に微笑《ほほえ》みかける。そんなラウル王子達の様子が気に食わないのか、レイラ様が私を押しのけて前に出た。

「ラウル王子！　ルクア様も！　お、お二人はまさか――」

何やら青ざめて話すレイラ様。ごにょごにょと彼女に何かを言った二人はすぐに席に着き、優雅に紅茶を飲み始める。

レイラ様はプルプル真っ赤な顔で怒っている。

え？　何!?　私のほうへ向かってきたわ。

彼女は私に向かって叫ぶ。

「……っ、ダイアナ様は！　好きな方とかいますの!?」

「え？」

あまりにも大きな声だったせいか、周りが静かになった。

「ダイアナ様が、最近変わられたのは気になる方がいるからですわよね！」

「え？　え？　いませんわよ？」

違うわよ？　太っちょは嫌だし断罪も回避したいからよ？　クールな令嬢を目指しているの！

「では、ダイアナ様はどんな方が、好みなのですか!!」

「レイラ様、あの、目が凄《すご》く怖いわ……興奮されて」

「僕も、気になるな。ダイアナはどんな男性が好きか」

「俺も聞きたい！」

なるほど。ラウルもルクアも……みんな興味津々《しんしん》だ。ふふ、年頃の子は恋話が好きなものよね。

うんうん、青春ね！

「……そうね。私の好みはズバリ……」

「「ズバリ……!?」」

ガシャーン!!

その時、ティーポットやカップが割れる音がした。私は話を中断する。

「……申し訳ありません。手元がくるい皆様のぶんのカップを割ってしまいました……」

お茶会の手伝いをしていたクラウドが謝る。彼が仕事のミスをするなんて珍しいわね!?

しょぼんとしながら、黙々と片付けるクラウド……

後で元気になるよう飴《あめ》っこをあげることにするわ！　あんなクラウドは見たくないもの！

そして、なんだかんだで私の好みの話はうやむやになり、レイラ様のお茶会は無事終了。結局、最初から最後まで彼女が私に突っかかってくるから少し疲れた。

屋敷へ戻り、私は寒空の下で星を眺める。

来年の春からは王子達と同じ共学のトルテ学園へ入学することが決まっていた。

「ヒロインは高等部からの転入だから、さらに三年半ちょっとかしら？　んー、いっそ学園へ行かずお爺様達がいる田舎《いなか》へ行くのもありかしら」

「お嬢様、もう外は寒いので中へ入りましょう。温かいハーブティーをご用意しました」

クラウドが私にショールと温かいハーブティーを持ってきてくれた。

くー！　クラウドの淹《い》れてくれるお茶は最高ね！

綺麗な星を眺めながら、横に推しがいるなんて贅沢《ぜいたく》だわ！

「明日はレッスンの後、少し走りに行きたいの。付き合ってくれるかしら」

「はい、どこへでも」

ふと、クラウドもヒロインと出会ったら、やっぱり彼女を好きになるのかしらと考える。

「ねえ、クラウド。貴方はどんな女性が好みなの？」

そう聞くと、ティーポットを持っていた手を止めた彼は、こちらへ振り向いた。

「…………あの、それはどういう意図で聞いていらっしゃるのですか？」

「え？　意図？　ただ気になっただけよ」

目を少し大きくして、私のそばへ寄る。そして頬を赤くしたクラウドは、少し考え込んだ。

「……私の好みは、努力家で気品が溢《あふ》れており、とてもお優しい方です。時々おかしなことを言っているのも可愛らしいかと」

それって！　まんまヒロインだわ!!　努力家で可愛らしい子だったと思うし。そうね。うん。

そこで一瞬静かになった。クラウドは黙っている。どうしたのかしら？　もしかして、昼間の失敗を思い出しちゃった？

「そうだわ！　クラウド。はい、今日頑張ったご褒美の飴《あめ》っこよ。今日のお茶会でカップを落としたことは気にしないで。次回から気をつけましょうね。ファイトよ！　クラウド!!」

すると、クラウドは飴《あめ》を握りながら、笑う。ふふ、やはり推しの笑顔は素敵ね。

「貴方、飴《あめ》っこ好きでしょう？　さあもう部屋に戻りましょう。明日はダイエット運動を頑張るわ！」

ルンルン気分の私の後ろでクラウドは飴《あめ》をぎゅーッと握り締める。

「えぇ……とても好きです……」

ポソッと、そう呟《つぶや》いた。

＊＊＊

「――五キロから全然減らないわ!!」

私は朝一番に叫んだ。

どうして!?　毎朝ジョギングしているわ！　朝ご飯も野菜中心にしているのに、なぜかしら!?

これは、あれだわ。ダイエットで一番の壁――停滞期とやらね……

鏡で自分の全身を見つめる。贅沢《ぜいたく》に作られた体は、まだまだ自分の理想には程遠かった。

「私、負けないわ！　頑張らなきゃ！　クールな令嬢目指すのよ、ダイアナ!!　断罪断固拒否！」

そんなふうに、鏡に映る自分を励《はげ》ましていると、扉がノックされる。

「ダイアナお嬢様、そろそろ朝食のお時間――」

「……あっ」

「……失礼しました」

一度開けたドアをパタンと閉めるクラウド。

え！　いや！　ちょっと待ってちょうだい！　また何か変な誤解をしてるようだわ！

私は急いでクラウドを追いかけた。

そして気がつく。

屋敷の周りは雪が積もり放題だ。よし！　沢山《たくさん》雪だるま作って運動しましょう!!　こういうの、わくわくするもの！　子供に戻った気分になるわ。ふふ、今子供だけどねっ。

はりきっていると、聞き覚えのある声がする。

「ダイアナっ！　遊びに来たぜ！」

「やあ。ダイアナ」

「あら、お二人共。来るなら来ると連絡をしてちょうだい」

ラウルとルクアが屋敷に来たので、みんなで雪だるまを作ることにした。

「こんなに沢山《たくさん》雪があれば、大きいの作れるぞ！」

そう言ったルクアが作った雪だるまはとても大きい。

「ルクア、凄《すご》いわね！　もうこんなに大きなだるまを作ったの？」

「へへへっ」

自慢げに頬っぺたを赤くした彼は、だるまに持たせた木の棒が剣なんだと説明してくれた。すると、ラウルも自慢気に話す。

「僕はお城だよ。ダイアナの部屋もあるよー」

「ラウルのも凄《すご》いわ。一瞬でこんなに細《こま》かく……芸術の域ね」

さすがはメインヒーロー！　雪だるまなどでは物足りなかったのだろう。

一方、クラウドは隅っこのほうで何かを作っていた。

「あら、クラウドは何を作ってるの？」

彼は鼻の先っぽを真っ赤にして、「……うさぎさんです」と答える。

ちょこんと手のひらに載る大きさの雪うさぎを私に見せてくれるクラウド！

ヤバい！　きゃわゆいわね!!　なんでうさぎ!?　くっ、なんだかお小遣いあげたい気分だわ!!

「ふふ、きゃわゆ……じゃないわ、可愛らしいうさぎさんね」

少し照れているクラウドに、私は今日も心を癒《いや》される。

「あら、クラウド、お鼻が赤くなってるわ、メイドに温かい飲み物を持ってくるよう頼むわね」

「いえ、それは私の仕事ですので……」

「今日の貴方のお仕事は私と雪だるまを作ること。ラウルもルクアも少し待っててちょうだいっ」

私は三人のおやつを持ってきてとメイドに頼みに行く。

そして私は、三人のおやつを持って戻ってきた。勿論《もちろん》私はお湯のみ！

「さあ、みんな、体を温めて――」

……何、これ。

目の前には大きな雪だるまが三つ。

「おっ、俺のほうが大きい！　ゼーゼーッ……」

「ハァハァハァ……いや、高さも含めて僕だね」

三人仲良く遊んでいて、くたびれたようだ。

この三人が作った雪だるまは、なかなかしぶとく、数日溶けなかった。

ちなみに、クラウドが最初に作った雪うさぎさんは、こっそり小さな冷凍庫に大切にしまったわ。

今日も私の推しは可愛いとしか言いようがなかったわねっ！

＊　＊　＊

「――ふふっ、また少し体重が減ったわ！　こころなしか体が軽いわねっ」

ダイエットを始めて数ヶ月。ほんの少しずつ、体のお肉がなくなっていった。

お友達にも痩《や》せてきたと褒《ほ》められて嬉しい！　もっと頑張らないといけないわねっ。

朝からルンルン気分だった私は、すっかり忘れていたことがあると気づく。

「ダイアナ、実はな父さんの親友が事故で亡くなってしまったんだ。それでだな、その親友の子供を養子にしようと考えている。ほらお前も前に会ったことがあるだろう？」

「よくできた息子さんだし、いずれダイアナはお嫁さんへ行くから後継ぎとして養子に迎えようと思うのよね、ふふ、貴女《あなた》にお兄さんができるわよ」

両親にそう言われる。

……そう、他の攻略対象者のことを忘れてたわ!!

「……え、そそそうですか。反対はしませんわ、お父様とお母様の決めたことですもの。私は朝のジョギングをしてまいりますっ」

私は急いで自分の部屋に戻り頭をかかえた。

四人目の攻略対象者は……セイ・レイモンド!! ダイアナの義理の兄だ。

ゲームでの彼は親が事故で亡くなり、親戚にたらいまわしにされていたところを、優秀だからとダイアナの親が引きとる。ダイアナはそれが許せなくてセイに嫌がらせをするのだ。

小さい頃からダイアナに嫌がらせをされ嫌気がさしていた頃にヒロインと出会い、セイは心癒《いや》される。そんなルートだとネットに載っていたわね。

「セイって……薬草学が得意なのよね。確かセイルートのダイアナは……薬漬けにされて殺されるんだわ!! うあああ！」

とにかく！ 仲良く！ そうよ！ 兄妹になるなら、仲良しに！

「平和が一番よ!!　よぉおし！　気合よ!!　クールに華麗に私は乗り越えてやるわ！」

「……お嬢様……」

「あっ……」

またもやタイミングが悪く、変なところをクラウドに見られてしまう。彼に残念な目で見られた私は、しょんぼりしつつ朝のジョギングに向かったのだった。


そして、日曜日の朝。義理の兄となる人物がやってきた。

彼は青い髪色で中性的な顔立ちの少年だ。

あれ？　こんな感じなのね。前世の私がチラッと見たセイは高校生バージョンだから、また違う印象だわ。ふふ、子供の頃ってみんな可愛いのね。クラウドが一番だけどね！

お父様が彼を紹介してくれる。

「一度会ったことはあるだろうが、セイ君だ。さあダイアナ、挨拶《あいさつ》を」

「ダイアナですわ。よろしくお願いします」

行儀よく挨拶《あいさつ》をした私に、セイは少し驚いていた。

「セイです。これからよろしくお願いします」

「ダイアナ、彼に屋敷を案内してあげてちょうだい」

「はいっ」

お母様に頼まれた私は、セイに案内してあげることにする。まずは我が屋敷自慢の庭園に誘った。

けれど、ピタッと急に立ち止まるセイ。どうしたのかしら？

「おい、デブっちょ。お前……何企《たくら》んでる？」

「え？　企《たくら》んでるって……」

あら、デブっちょ、って私のことね。

セイはプルプルと怒った赤い顔をしていた。

「お前……覚えてないのか？　一年前おれにしたことをっ」

え？　何？　私なんかしたの!?

私はクラウドをチラッと見る。すると彼は、少し困った顔をしながら説明してくれた。

「……セイ様の本を池に落とされたり……」

えっ!!

「……セイ様の分のおやつを食べたり……」

なんとっ!?

クラウドは少し考えて黙った後、「……とにかく……まあ、このくらいでよしとしましょうか」

と締めくくる。

クラウド!?　よくないわ！　省《はぶ》いていたけど、ダイアナはもっと酷《ひど》いことしていたのよね!?　ダイアナは私だけども！

私はセイのほうへ振り返る。

「セイお兄様っ！　ごめんなさいっ！　本当にごめんなさい!!」

頭を下げて謝った。もう謝るしかないわっ！

チラッと見ると、セイお兄様はプルプル震えてまだ怒っている。

「な、おまっ！　お、お兄様って……」

どうやらお兄様呼びがいけなかったようだ。でも……と私は首を傾《かし》げる。

「え？　一つ上でしょう？　お兄様に……家族になるんですもの……あの……？」

「ここここっち来るな！　頭を冷やしてくる!!」

「あっ！　そこはーあぶなっ」

バシャーン!!

なぜかセイお兄様は慌てて後退《あとずさ》り、池に落ちてしまった。私はすぐにセイお兄様のもとへ行き、安心させるようニッコリ笑って手を差し伸べる。笑顔、大事！

「セイお兄様、大丈夫？　早く私の手をとって」

すると、セイお兄様は顔を真っ赤にして俯《うつむ》いた。

ふふ、少年の頃のセイは、意外とおっちょこちょいだったようね。

「……さっき、悪口言ってすまなかった……」

彼は私の手を握ってポソッと謝ってくれる。

でも、悪口って何か言われたかしら？？　とりあえず和解した、ってことでよいのよね!?　私、薬漬けはごめんだもの。仲良くならなきゃねっ。

ところが、目の端に映ったクラウドがぶすっとしている。

「あら？　クラウド？　どうしたの？」

「……いえ……別に」

今日の推しのクラウドはご機嫌斜めの模様だわ。

それでも飴《あめ》っこをあげると笑顔になったクラウドを見て、私は癒《いや》されたのだった。


「——雨だわ……」

「えぇ、雨ですね」

「雷……くるかしら」

数日後。雨が降った。屋敷内で腕立て伏せかスクワットしかできず、私はストレスがたまる。なら、今日はセイお兄様と仲良くなりましょう！

クラウドと一緒に屋敷の書斎へ行くと、セイお兄様は難しそうな本を読んでいた。彼が本を読むのが好きなのを、私は知っていたのだ。

「あら、セイお兄様もお勉強ですか？」

「あーうん。てかダイアナは本を読むのか？」

そんなに驚くことかしら？　ま、確かにゲーム内のダイアナは食べてばかりの太っちょ悪役令嬢だものね。

「本は知識の宝庫よ。立派なレディとして勉強になることが沢山《たくさん》あるわ」

「……ふーん」

興味なさそうにパラパラと本を読むセイお兄様。あら？　その本は……

「ふふ、やはりセイお兄様は薬草に興味があるのね！」

「やはり？　なんで知ってるの？」

「え!?　いや、お父様達に聞いて！　お兄様の亡くなられたお父様は、立派な薬学者さんだと!!」

って、公式ブックに記載されていました！　はい！

すると、セイお兄様が少し笑う。

「うん、父さんは凄《すご》い人なんだよ！　俺はいつか父さんのような立派な人になりたいんだ」

あら、お父さんっ子なのね！　父親の話をしているセイお兄様は可愛らしい笑顔になる。私はずっと彼の話を聞いていた。

セイお兄様の話は面白かった。美容にいいものや、ダイエット効果があるものまで薬草にはそろっているんだもの！

「セイお兄様、凄《すご》いわ！　私、この美容にきく薬草を色々調べてみたいから教えてくださいっ！」

「あぁ、い――」

けれどセイお兄様は、ドア付近で待機しているクラウドをチラッと見てため息をつき、「……うーん、また今度な」と言う。

「えぇ！　ぜひ！」

――その時、低い音が轟《とどろ》いた。

ゴロゴロ……

え！　あ、雷が近い⁉　そうよね⁉

そう思った瞬間、ピカッ‼　と光り、雷が落ちる。

屋敷内の電気は全て停電！　数人のメイドや執事達がロウソクを持ってきた。

「電電草《でんでんそう》を使えば大丈夫ですので、お嬢様達はここで待機しててくださいな」

電電草とは私達の国で使う電気の材料だ。

この国に近代的な冷蔵庫や洗濯機などが存在する理由が、なんとなくわかったわ。そんなことを考えるのと同時に、セイお兄様がプルプル震えているのに気づく。少しだけど涙目にもなっていた。

「セイお兄様？　……雷が怖いの？」

「……どーせお前も、笑うだろ……」

彼は必死で耳を塞《ふさ》ぎ、目をつぶっている。

「笑わないわ！　誰にだって、苦手なものや怖いものはあるもの」

私はセイお兄様を安心させるため、ギュッと彼の手を握って頭を撫《な》でてあげた。

まだまだ子供だもの。それに、ついこの前まではご両親がいたのに……

セイお兄様は少し照れながら私に「あ、ありがとう……」と言ってくれる。

ふふ、少しだけ仲良くなれたかしら？

やがてお兄様は、すぅっと寝てしまった。私はメイドを呼び、彼を部屋に運ぶようにお願いをする。

「さっ‼　さて、私も部屋へ戻るわっ！」

そしてクラウドに送られ部屋に戻った私。

「クラウド、あとは大丈夫よ。ありがとう」

部屋へ入り窓を見つめる。

ゴロゴロゴロゴロ。

「……雷……」

雷鳴を聞いた私は、ダッシュでベッドへ向かう。

そうなんです!! 私いい大人なのに、いや、今子供だけど！ 雷が苦手なのよ！

怖いのっ！ さっきは我慢したのよ!! 色々我慢していたけど、もう限界だわ！

「うぅ……クールな令嬢は雷なんかに負けてはダメよっ！」

またしても雷が鳴る。

ふっ、大丈夫よ！ 私は生まれ変わったの！ この立派で大きなベッドに守られているもの!! 頑張れ！ ベッドよ！ そして毛布よ！ 私を守ってちょうだい！

私はくるくる布団にくるまり、芋虫体勢を調《ととの》えた。そこにクラウドが顔を出す。

「あの、お嬢様……」

「きゃっ!! ク、クラウド!? ど、どうしたのかしら!?」

もぞもぞと動いたせいで、ベッドから転げ落ちてしまった私。あぁ、なんて情けないっ！ 芋虫のように布団にくるまっている私に、クラウドはガッカリしたかもしれないわ！

「……あの？ クラウド？」

彼は口を押さえて耳が赤くなっている。クラウドも雷が怖いのかしら？

けれど、彼は私のほうに寄り、頬っぺたに触れた。

「……雷が苦手だとは知りませんでした。配慮が足りず申し訳ありません」

そう言って、私を抱きかかえベッドへ戻してくれる。

「……我慢してたこと、あの、わ、笑わないでね……」

そんな私にクラウドはクスッと笑う。

「先程お嬢様がセイ様に言ってたじゃないですか。笑わないと。誰にでも苦手なものはあると」

「クールな令嬢は常に胸を張って弱みを見せちゃダメなのよっ。……あ、今聞こえた⁉　雷まだ近くにいるっ」

「……では今度は私がお嬢様の手を握っています。そばにいますから」

雷が苦手な私の手を、クラウドはギュッと優しく握ってくれた。

さすが推しのクラウド君だわ！　なんだか安心できるもの。

「ふふ、クラウドに怖いものはあるかしら？　私はね、実は雷以外にも結構あるのよ。みんなには内緒よ」

しばらくして、雷はどこか遠くへ行く。けれど、クラウドは近くにいてくれる。

「私は……お嬢様と離れてしまうのが怖いですね」

あらあら！　なんて可愛いことを‼

「ふふふ、嬉しいわ。私達はずっと一緒よっ」

「……ずっと、でしょうか」

貴方がいつかヒロインと出会えた時は離れてしまうかも。でも、私はそれを温かく見守るわ。

「それまでに……」

そこで私は眠ってしまう。

だから、クラウドが「その言葉……けして忘れないでくださいね」と切ない顔で呟《つぶや》いていたことは知らなかった。

＊＊＊

本日はラウル王子主催のお茶会。

王宮のお茶会なのにお菓子やケーキはなく、野菜スティックや、ヨーグルト、ナッツなど簡単な軽食ばかり並んでいる。

あら！　野菜プリンが沢山《たくさん》あるわ！　やった！

「クラウド！　よかったわね！　ほら、野菜プリンがあるわ！　今度こそみんなで一緒に食べましょうね」

「はい、お嬢様」

くー!!　今日も笑顔が可愛らしいクラウド!!　私はそれだけで満足よ!!

すると、「執事が笑ってる……」と隣を歩いていたセイお兄様が驚く。

え？　笑うわよ？　何を言っているのかしら。

そこに、なぜか不機嫌な顔のルクアと、ニコニコ笑っているラウルがやってきた。

「「……で、誰？　そいつ」」

二人はセイお兄様をじろじろと見る。セイお兄様は少し緊張しているみたいだ。そうよね、この二人は王族だもの。

「セイ・レイモンドです。このたびはお茶会に招いていただき、ありがとうございます」

お兄様は二人にきちんと挨拶《あいさつ》する。

「お兄さん？　……でも血は繋がっていないよね？」

「ダイアナ、これ以上増やすなよなー」

「何も増やしてないわよ？　体重は減っているわ」

「いや、違うっ」

ラウルはニコニコしているものの、二人共不満そうだ。

「セイお兄様は優秀なのよ。レイモンド家を継いでくれるつもりみたい。ほら、私は女だし、いつかお嫁さんにいってしまうからって。ふふ、お父様ったら、考えすぎよね」

「あーっ、なるほど。それならしょうがないな」

「うん、まあ、お嫁さんになるのなら仕方ないね。……今のうちに妃教育とかありかな」

急にあっさりとセイお兄様を認める二人。お兄様の優秀さに勝てないと思ったのかしら。

「ところでラウル。さっき何か言っていたかしら？」

「んーん、なんでもないよ！　あ、ほらプリン沢山《たくさん》あるからみんなで食べよう」

私が食べたいのはかぼちゃプリン！　砂糖を使わずかぼちゃの甘みを際立たせたプリンなの!!

「んふふ、美味《おい》しそうねっ！　クラウドも食べましょう！」

「いえ、私は仕事中なので……」

誘ったのに、首を横に振るクラウド。貴方……かぼちゃ好きじゃない。なら、後でクラウド用に持ち帰ろうかしら。そこでふと、隣でプリンを食べているセイお兄様が目に入る。

「セイお兄様、左側の頬にプリンがついてますわ」

「え？　そうなの？」

私は自分のハンカチでセイお兄様の頬を拭こう——としたのに、ガシッとその手を止められる。

「……ここは執事である私が、セイ様の頬を拭きましょう」

クラウドが無表情で淡々と言ってきた。

「いやいや。未来のお兄さんには、俺が!!」

ルクアまで参加してくる。ルクア、貴方沢山《たくさん》の兄がいるのに、これ以上欲張りはダメよ。

「ここは僕が拭くよ。ダイアナがやるべきことじゃない」

そして、率先してセイお兄様の頬を拭き始めたラウル。

「ちょっ!?　いや！　何!?　いたっ!!　いった!!　なんで石なんだよ！　それハンカチじゃないだろ！　どうして雑巾《ぞうきん》っ!!　おい！　執事！　今お前どさくさに紛《まぎ》れて——」

何やら、クラウドとルクア、ラウルはセイお兄様に懐いたようだ。とても楽しそう。

「ゲームでは、特別仲良くなってなかったのに。いいことよね？」

ここは男同士にしてあげて、私は友人達を見かけて楽しくお喋《しゃべ》りをした。

そして無事、お茶会は終了する。

セイお兄様とみんなの顔合わせもいい感じで終わってよかったわ！

でも、セイお兄様は屋敷に戻るとすぐに、ぐったりとして部屋へ帰る。そんなにはしゃいだのかしら？

いいえ、そんなことより！

「クラウドっ。ふふ、はい！　かぼちゃプリンを少しおそすわけよっ」

飴《あめ》っこは切らしてしまったし、かぼちゃ好きなのは前世のゲームからの知識で知っているため、今回のご褒美はかぼちゃプリンにした。

「……はいっ、ありがとうございます。お嬢様」

あー！　やっぱり推しの笑顔は可愛いわね!!

そんな風に充実した一日が終わったのだった。

＊　＊　＊

年が明け、長い冬休みがやってきた。

私はアーモンド女学園を三月に卒業し、四月からトルテ学園へ通うことになっている。

アーモンド女学園の卒業式まであと二ヶ月くらい。

本日は我が家でのんびりとお茶会中。ラウルとルクアが遊びに来てくれて……二人とお茶をしながら、私は今日も推しのクラウドを見守っている。

「今年の春からトルテ学園の中等部へ入学だね。ダイアナと同じ場所で学べるのは楽しみだな」

ニコニコと紅茶を飲むラウル。そんなに勉強が楽しみとは、さすがゲームのメインヒーロー！

私も負けていられないわね！

「中等部かー！　なんか俺らも大人になったよなあ」

ふふ、まだ貴方は子供よ、ルクア。

私はチラッと後ろに控えている執事のクラウドを確認する。

今日も可愛らしいわっ!!　……あら？　肩に小さな蜘蛛《くも》がついている!!

クラウドはその蜘蛛《くも》をジッと見つめてから、優しく手に載せて、そばにある花壇に逃がす。そして、何食わぬ顔でいつもの体勢に戻った。

くー!!　ハイ！　可愛いわ!!　優しさ満点ね!!

私達がそんなお話をしていた時、ちょうどトルテ学園へ編入手続きをしに行っていたセイお兄様が帰ってきた。

「あ、お兄様、おかえりなさい。学園はどうだったかしら？　その制服、凄《すご》く似合ってるわ！」

「あー、うん。ありがとうな。ま、今日は顔合わせだけ。本格的に通うのは春からだから」

ふふ、推しのクラウドもこの制服を着る予定なの。楽しみだわ！　まだ作ってはいないけど！

クラウドの制服姿を想像していると、その本人に声をかけられる。

「ダイアナお嬢様、申し訳ございません。今日は予定がありまして、席を外させてもらいます」

ぺこりと頭を下げるクラウド。

月に一度、執事のクラウドきゅん――いえ、クラウドはスラム街の教会へ服や食べ物を分けに行く。あの辺は、まだ働く場所のない人が沢山《たくさん》いてゴミだらけらしく、「掃除」もしていると聞いていた。本当に推しのクラウドはいい子ね!!

「へぇー？　レイモンド家の執事君はスラム街でお掃除してるんだ。まだ、子供なのに。……僕も王子として、見習うべきかもね」

ニコニコとそう話すラウルに、クラウドは「……国の上の者達は下についていては何も知らないのが普通ですから」と返す。二人はなぜか見つめあい、セイお兄様は「はぁ、この場からさっさと立ち去ろう……」と呟《つぶや》いた。

ラウルとクラウドはあまり仲良くないのかしら……なんとなくそう感じちゃうんだけど。それにしても、私もクラウドと一緒に何か人の役に立つことをしたいわ。

「……私もお掃除や料理くらいできるのに、やっぱり私も一緒に――」

「「「ダメです（だよ）（だ）」」」

あら、ビックリ。四人全員同じタイミングで声を出したわ。

「ふふ、みんな仲良しさんね。見事に声がそろっているわっ！」

少年達はお互いの顔を見て、照れあう。可愛らしいわね。四人は否定していたけれど、なんだかんだで仲良しで微笑《ほほえ》ましかった。


「――それでは、失礼します」

しばらくして、クラウドは出かける準備をし屋敷の裏口へ回った。私はみんなを少し待たせて、クラウドを追いかける。

「待ってちょうだいっ！　クラウド！」

「ダイアナお嬢様？」

黒のトレンチコート姿に着替えたクラウド。……珍しいわね！　その格好は！

「あの……ダイアナお嬢様？　なぜ両手を合わせ目をつむるのです？」

「ふふ、そうね。これは尊い、いえ、貴方が無事に早く帰ってきてと祈ったのよ」

クラウドはクスッと笑う。

「……祈り方が独特すぎますよ」

その顔は今日も可愛らしいわ!!

あら……？　気のせいかしら？　でも――

「今まで気がつかなかったけれど……クラウド……」

私はクラウドに顔を少し近づける。クラウドはなぜか固まった。

「……あ、あの、お嬢様……？」

その様子を気にすることなく、私は少し背伸びをして、彼の頭を撫《な》でる。

「ふふ、やっぱり！　貴方、背が伸びたのよ！　こうやって、これから先も成長していくのねっ」

もう少ししたら、このショタ姿も見られなくなっちゃうわね。

「スラム街が危険な場所なのは確かだわ。だから私ね、お守りを作ったのよ。毎月貴方が出かけていくたび、心配だったんだもの」

これは、前世の神社とかでよく売っているお守りの形を真似して、自分で縫ったものだ。模様はうさぎさんよ！　可愛らしいクラウドにピッタリだもの。

「……これを私に、ですか？」

「ふふ、そうよ。初めて作ったものだから少しほつれているけど、変な狼さんには気をつけて行ってらっしゃい」

「はい、ありがとうございます。大切に……します」

頬っぺたを赤くした可愛らしい笑顔のクラウドを見るとほっこりするわね。

こうして私は手を振り彼を見送る。

クラウドはお守りを大切そうに胸元へしまい、馬で去っていったのだった。

＊＊＊

クラウドは暗い森を進んでいた。しばらくすると光が見えてくる。森を抜ければ、この国の端の端、スラム街のみすぼらしい教会だ。

クラウドが教会のドアを叩《たた》くと、少し頬のこけた、とても優しそうな神父らしき人物がそのドアを開ける。

「おや、レイモンド家のクラウド君だね。いつもありがとう」

「……いえ、私はただ命令されているだけですから」

クラウドは白い袋を神父に渡した。神父はクラウドの頭を撫《な》でる。

「クラウド君は相変わらずいい子だねぇ。君をここで拾ったのがつい昨日のようだ。少しゆっくりしていきなさい。今みんなを呼んでくるよ」

少し照れたクラウドは、コクンと頷《うなず》く。彼は教会の礼拝堂の椅子に座った。その時、オレンジ色のセミロングの女の子がお祈りをしていることに気づく。

その女の子は、クラウドを見てニコッと笑顔で挨拶《あいさつ》した。

「こんばんは」

クラウドもぺこりとお辞儀をする。自分の黒髪と黒目姿を見て驚かないのはダイアナくらいかと思っていたのに、少しも驚かずに挨拶《あいさつ》をしてきた少女に、彼は内心ビックリしていた。

女の子はなおも明るく話しかけてくる。

「貴方もこの教会でお世話になった人？」

「……ずっと前にお世話になりましたが……」

「そうなの？　私もね、つい最近までお世話になってたんだよね、でもね、本当のお父さんが見つかって、来週から家族と一緒に住むの！　貴方は？　今何してるの？」

色々と話をする見知らぬ女の子に、クラウドは無表情で無難に応えた。

「執事をしてます」

すると女の子が少し首を傾《かし》げる。

「……え……私達くらいの子供は家族や友人と遊ぶものなのに、貴方はもう働いてるの……？」

「世間一般の子供がそうだとしても……私は幸せですよ。良きご主人と出会えたのですから」

「そっか、ごめんね。なんだか嫌な思いさせちゃったかもしれない。……私ね、ずっと街から遠い場所に住んでたから、よくこの国のこととかわからなくて……あ、でも！　みんな平等な関係って大事だと思うの！　私、みんなが幸せな毎日を過ごせますようにってお願いをしてたのよ」

「……そうですか。とてもいい願いかと」

「うん！　ありがとう！　あ、迎えが来たみたい！　久しぶりに同い年くらいの子に会って興奮しちゃった。私ばかり話してごめんね。さよならっ！　お仕事頑張ってね」

オレンジ色の髪の女の子は、立ち去った。

ようやくクラウドは一人になり、一息ついてちょこんと座る。間をおかず、何人かの黒服姿の者が彼の背後にやってきた。

「クラウド、準備はできたか。狩りに出るぞ。また悪巧《わるだく》みをしている輩《やから》がいる」

クラウドは黒服達にコクンと頷《うなず》き、ダイアナに貰ったお守りを出して見つめる。しばらくして、また胸ポケットにしまった。

黒服達が口々に言う。

「月に一回のゴミ掃除も楽じゃないよなー！」

「これも全てレイモンド家のためだ」

それを無視して、教会の外に出たクラウドは口笛を吹いた。すぐに数匹の狼が彼のそばに寄ってくる。

「おーさすが狼少年クラウド！」

「……ちっ……うるさい」

「おまっ！　可愛くねーなあ！」

「……行くぞ」

「あ、なんで年下のお前が命令するんだよ!?　あ、無視かよ！　こら」

そして、狼を連れたクラウドと黒服達はどこかへ消えた。

＊　＊　＊

一方、オレンジ色の髪の少女は、ふと教会を振り向いた。

「――アンナ姫様、それではご自分の国でお勉強を頑張ってくださいね。またいつでも、遊びに来てくださると嬉しいです」

「神父様！　姫とか、やめて。以前のようにアンナちゃんがいいです」

「はは、これは失礼しました。アンナちゃん、またいつでも遊びにきてね」

「はいっ！」

神父と少女は別れの挨拶《あいさつ》をし、少女は豪華な馬車に乗った。その馬車の周りには兵が数人いる。

少女は黒髪の少年のことを思い出す。

「……またあの子とお話しできたらいいな。いつか……」

そう呟《つぶや》いた。

3

冬も終わり春がやってくる。

私はお嬢様学校のアーモンド女学園を卒業し、明日からは共学のトルテ学園だ。

ダイエットも、目標達成したわ!! 平均体重になったんだもの！

けど、ルクアとセイお兄様は「あ、最近確かに痩《や》せたかも。毎日のように会ってたせいで違和感なかった」とかなんとかしか言ってくれない。

それにラウルは、「どんな姿のダイアナでも可愛らしいよ」と言った。彼はやっぱりメインヒーローだから、仕方ないわね。

クラウドだけはニコニコと一緒に喜び、「本当によく頑張りましたね」と頭を撫《な》でてくれる。

推しからの頭を撫《な》で撫《な》では、破壊力半端《はんぱ》ないわね!! ご飯三膳はいけるわ！

「やったわ！　ふふ!!」

前世を思い出してからずっと頑張ったかいがあった！

私はトルテ学園中等部の制服を着て、鏡の前でくるくる回る。

可愛いチェックのスカートとリボンね。うんうん、肉がはみ出ていないわ!!

「ふふっ！　太っちょダイアナはこんな顔をしていたのね！　んー、まだ、ちょっぴり丸いかな？　頬の丸みが気になるわね、でもニキビ面でもないし！　よかった！」

そこにクラウドが現れる。

「お嬢様……朝食のお時間です」

「あら、クラウド！　おはよう！　見てちょうだい！　制服が入ったわ!!」

すると彼はニッコリと笑った。

「……はい、とても可愛らしくお似合いですよ」

くー！　可愛いのは貴方よ!!　何そのスマイルは!!


その後、私は朝食を食べ終えて、少し庭の散歩をした。

雪も溶けて、花が咲き始める季節。頭の中でゲームについて整理する。

確かヒロインがトルテ学園に来るのは三年後くらい。元々平民育ちだった彼女は、実は隣国のお姫様なのだ！　名前なんだったかしら？

前世の私は自分の名前に変えていたため、デフォルトの名前がよくわからない。

覚えているのは、色々な国の貴族や王族が集まる我が国のトルテ学園高等部へ留学してきた、元気で頑張り屋な彼女に、みんな心打たれちゃうっていうこと。

でも、今の私は攻略対象者のラウルやルクアとは幼なじみのようなものだし、セイお兄様とは兄妹の関係。クラウドは推し……いえ、執事ですもの！　大丈夫よね。

それに、多分、優しいヒロインがなんとかしてくれるわ！　私、邪魔しないもの！

とにかく、断罪されないよう気をつけなきゃね！

真剣に考えていると、クラウドに声をかけられる。

「お嬢様……見てください。四つ葉のクローバーですよ」

四つ葉のクローバーを持って嬉しそうに頬を赤くした彼が、私のもとへ駆けてきた。

え、ちょ、何この天使。キャワイすぎるわ！

「なかなか見つからないものですよね。はい、お嬢様」

「四つ葉のクローバーは、見つけた者が幸せになるのよ。悪いわ」

私には推しのクラウドがいるから充分幸せ。

「……私はお嬢様のそばにいるだけでとても幸せですから。お嬢様にもっと幸せになってほしいと願ったんです」

クラウドにはいつも励《はげ》まされている。……陰でいつも見守ってくれている彼には感謝しかないわ。

私はクラウドの頭を撫《な》でる。

「……もう少し背が高くなったら、貴方の頭を撫《な》でてあげられなくなるわね……」

「……お嬢様、私はもう子供ではありません」

クラウドはムッとした顔で拗《す》ねた。そんな彼もまた可愛いなあと思う私は、本当に推しに弱い。

「ふふ、ごめんなさい。でもね、私がこうやって頑張れるのはクラウドのおかげよ。ありがとう。それに、四つ葉のクローバーは貰えないわ。これは貴方の幸せのぶんよ。貴方が自分の力で見つけたのだから大切にして。それに私は欲張りな子なの。自分で沢山《たくさん》見つけるわっ」

「……ですが……」

「ふふ、クラウド。もし、貴方が幸せを分かち合いたいと思う人ができたら、その人に四つ葉のクローバーをあげるといいわね」

例えばヒロインとかヒロインとかねっ。うん、そう彼らは彼女に恋をするのだから。

「……お嬢様？」

クラウドも……ヒロインと出会ったら、ビビビッてきちゃうのかしら？　運命の恋と感じるの？

「いえ、なんでもないわっ。あ、そろそろラウル達が来る時間よ。行きましょう」

私はクラウドの手を取りゆっくり歩いた。

とにかく私は、断罪回避とダイエットと美容に集中しなきゃ！

さあ明日からトルテ学園中等部へ入学ね！

＊　＊　＊

そして、トルテ学園の入学式当日。

「――ねぇ、お聞きになりました⁉　今年の新入生代表挨拶《あいさつ》は成績トップのラウル王子様ですって！」

「え？　私はあのレイモンド家のダイアナ様と聞きましたわ」

「ふふふ、ご冗談を。私の従姉妹《いとこ》が彼女と同じアーモンド女学園に通っていたのだけど、かなりのお馬鹿で下品で醜《みにく》い人らしいわよ？」

「おかしいわね？　私はダイアナ様は聖女のような方と聞きましたわ」

「え？？？　私は悪魔のような方だと聞きましたわ⁉　何度か昔パーティーで見かけましたが……」

そんな話がされている中、巻き髪の少女は歩いていく。話に夢中になっている令嬢が、一人の少女にぶつかった。

「きゃっ」

「やだわ、私がよそ見をしてしまったからだわ。ごめんなさい、怪我はないかしら？」

くるくるした巻き髪に落ち着いた紺色《こんいろ》のカチューシャを身につけているその少女は、令嬢に手を差し伸べる。少女の後ろには美しい少年が四人。

「――ラウル王子にルクア様よ……」

「まあ、あれはレイモンド家のセイ様……素敵っ」

「それに珍しい黒髪の執事……黒髪の執事を従えているのは……もしかして、真ん中にいる金髪の方が……」

「いや、てか、あの可愛らしい子は誰だ？」

「え⁉　あれがレイモンド家のダイアナ嬢⁉　そんな！　ブタで悪魔という噂《うわさ》では⁉」

「王子達と仲良しみたいだわ……」

そう、私は良くも悪くもとにかく目立っていた。色々な意味で。

ダイアナ・レイモンド。本日、トルテ学園入学式！

が、ラウル達と一緒にいるせいで、ジロジロ見られて居心地が悪い。私は控えめにしているのに。

空気よ、空気！　あ、でも推しのクラウドは空気にならないでほしいわ！

「ダイアナ、どうしたの？　僕達は首席同士仲良く、新入生代表の挨拶《あいさつ》をしなきゃならないね」

ニコニコと笑顔で話しかけてくるラウル。

「なあ、部活とかダイアナは何にするんだ？　剣術部に入ろうぜ！」

ワクワクと部活をどうするかについて喋《しゃべ》るルクア。

「……は？　貴方は馬鹿ですか？　お嬢様が怪我でもしたらどうするのです？　怪我をするのは貴方だけにしてもらいたい」

冷めた目でルクアを見下すクラウド。そんなクラウドは今日も可愛いわよ！

「ラウル……この執事、最近、俺らに容赦ねえよな」

「ま、ずっと顔を合わせてたらこんなもんだよ」

ラウルとルクアはそう二人でこそこそと話す。仲良きことはいいことよね。

「セイお兄様は、部活は何をするんですか？」

黙々と俺は関係ないとばかりに本を読みながら歩いているセイお兄様に、私は話しかける。

「ダイアナ……背後にいる奴らが怖いから、あまりくっついてくるなよ……薬草研究部だ」

私の背後にお化けでもいるのかしら？　ふふ、まだまだセイお兄様も子供ね。

うんうんと頷《うなず》いていると、セイお兄様にじっとりとした目で見られる。

「……なんかドヤ顔でムカつくが、多分お前が思ってることではないからな」

「そうなのですか？　それより、もう少しで入学式だわ。それではまた、セイお兄様」

私達は入学式の会場へ足早に向かった。

「ねぇ執事君はさ、向こうのお兄様と同じ歳なんだから、普通はあっちの執事になるべきじゃない？　学年も違うんだし」

ラウルがニコニコとクラウドに話しかける。クラウドは無表情でそれに答えた。

「……ラウル様こそ、中等部での勉学はもうお済みでしょう。早めに高等部へ編入されたほうが国のためなのではないでしょうか」

「……あははは、君、喧嘩《けんか》売ってる？」

「……まさか、私はただの執事ですから」

見つめあうショタ王子とショタ執事――いえ、ラウルとクラウド。

「あの二人……また仲良く話してるわね」

そう言うと、隣にいたルクアに呆れられた。

「なんで、そー見えんだよー」

あらあら、ルクアは親友のラウルをクラウドにとられて拗《す》ねてしまったの？

「ダイアナ、お前違うからな。なんか否定したくなった」

「ふふふ、わかったわ」

こうして、私達は無事入学式を終える。クラスが発表され、私はラウルやルクアのお隣のクラスになった。

「じゃあ、またねダイアナ」

「また放課後な」

「ええ、またね」

二人と教室の前で別れる。クラウドや他の執事達は廊下に控えた。

「クラウド、ハンカチ持った？　何かあったら私を呼ぶのよ」

「……お嬢様……それは私の台詞《せりふ》です」

ガヤガヤと賑やかな教室に入る。ところが、私が足を踏み入れた途端、シンと静かになった。

え？　何？　私まだ悪さどころか、何もしてないわよ⁉

「あわわっ！　ダイアナ様っ！　ご機嫌よう」

友人のケイティ様がかけ寄ってくる。彼女とは同じクラスだったみたい！　よかったわ！　ん？

カナリア様もいるのは嬉しいけど、彼女は青い顔をしているわ。

「カナリア様？　気分が悪いのかしら？」

「……そ、それが……ダイアナ様の机が……」

そう言われ、自分が座るべき机を見ると、枯れた花やら、泥にまみれていた。

「わ、私……なんとか綺麗にしようと……」

カナリア様は慣れない手付きで何とか私の机を綺麗にしようとしている。私は彼女の頭を撫《な》でて笑顔でありがとうと言った。

教室の奥にはレイラ様の取り巻きがいる。レイラ様本人は不在。あとは……ラウル王子の婚約者候補が何人か……ね。

なるほど。これはまた下手な嫌がらせだ。

そういえば、王子の誕生日のトマトジュースかけられました事件。あの時は、娘に激甘なお父様が「戦争じゃああうあああああ!! ごらあああああ!」と叫び、すぐに出かけた。行き先はレイラ様の家と、なぜか国王様のところ……。ラウルに後で聞いたけど、国王様、泣いてたみたい。

……なんだか不安。今回の机のことを知ったらお父様、涙ではなく、血を流しそうだわ。

「ダ、ダイアナ様っ！ う、後ろに……」

カナリア様も青い顔で怯《おび》え始めた。

すっかり教室が冷たい空気となっている。

彼がご機嫌ななめなのね。うん、怒っているわ。

私は落ち着いてクラウドに声をかける。

「あら、クラウド」

彼は少し眉間《みけん》にシワを寄せてため息をついた。

「ダイアナお嬢様……何かあったら呼んでくださいと、あれほど……」

私はニッコリ笑顔で答える。

「まだ何もされていないわ。ただそうね、ご自分の立場もわからない低俗な者がいるのが、わかったかしら」

すると教室にいたラウル王子の婚約者候補達が叫ぶ。

「わ、わ、わ、私達が低俗ですって!?」

私はクラウドに「ほら、ね。自ら名乗り出たようなものよ」と教えてあげた。令嬢達がますますいきりたつ。

「こっ、これはダイアナ様と敵対なさってるレ、レイラ様のためなのよ！」

「レイラ様のほうがダイアナ様よりお妃に向いてますもの！」

クラウドは相変わらず無表情だけど……かなり怒っているみたい。でも、クールな令嬢ダイアナはこんなことで怒らないわよ。だって彼女は――

その時、教室の扉が開く。

あら、噂《うわさ》をすれば。

ラウル王子の婚約者候補の一人であるレイラ様が教室に入ってきた。彼女とはアーモンド女学園でも一緒だったのだが、あの王子の誕生日、いえ、それ以前からずっと仲良くできていない。

彼女の家は私の家と同じく王家に次ぐお家柄。私の家とは敵対しているので、嫌がらせとかは少しあったわ。後ろに彼女がいるからと、やりたい放題の人がいるのだ。レイラ様派というべきか……

今日も彼女は派手派手な赤いリボンをつけている。今の状況よりも、私はあのリボンのほうが気になるわ！

「あら、教室が騒がしくてよ⁉　一体なんの騒ぎかしら」

レイラ様は教室の雰囲気に違和感を覚えたのか周囲を見回し、私を見て驚いてた。

「……ダッ⁉　ダッ、で、だ、ダイアナ・レイモンド？」

あ、そっか。冬休み以降会っていない。卒業式はレイラ様が風邪でお休みだったから、ここまで痩《や》せた姿で会うのは初めてかも。

「おはようございます。レイラ様」

そう挨拶《あいさつ》すると、プルプル震えながら怒るレイラ様。え？　なぜ？

「貴女《あなた》ね！　私が卒業生代表だったのを、あ、貴女《あなた》が代わりにやったと聞いたわ！　ブスのくせに生意気な！　少しばかり痩《や》せて可愛くなったからといって勘違いしないことね‼」

ん⁉

「それに、何よ！　この机は！　汚らしい！　何、低俗な令嬢達にやられてるのっ‼　貴女《あなた》は私と同じくらいの上位貴族だというのに！」

そう、彼女は、気性は荒いものの、卑怯ではない。あのトマトジュースをかけられた事件以外は私に何かしたことはないのだ。嫌がらせするのは彼女の取り巻き。彼女は堂々とぶつかってくる人。こんな陰湿な真似しないのはわかっているわ。

「ふふ、やはりレイラ様の指示ではなかったわね」

「……なっ何笑ってるの！　貴女《あなた》のそういう、のほほんとしたところが本当に嫌いよ‼」

とまあ、今回はレイラ様が一人でブチ切れて嫌がらせをした令嬢に制裁を加えた。ま、罪をなすりつけられそうだったたし、怒って当然よね。

もっとも、ありがとうとお礼を言ったら、心底嫌な顔をさせられた。

「彼女とはいつか和解したいものだわ。クラウド？　どうしたの？」

気がつくと、クラウドがぶすっとした顔をしている。

「たまには私を頼ってほしいところです」

「ふふ、あら、私はいつでも貴方を頼っているわよ」

そう、推しのクラウドを一番頼りにしているのは本当だ。癒《いや》しが一番だもの！

さて、私の机は新しくなった。最初はみんな怯《おび》えていたけど、クラスの子達も一部以外はいい子みたい。机を汚していた人達を止めてくれた人も沢山《たくさん》いたらしいし、新しいお友達もできそうね‼

＊　＊　＊

「――え？　今日はクラウドと一緒ではないの？」

「申し訳ありません。旦那様に用事を頼まれてしまいまして……代わりにメイドを一人送ります」

入学式から数日後。だいぶ学園に慣れてきた私は、クラウドにそう言われた。

私と学園へ行けないことを申し訳なく思っているようで、しょんぼりしているクラウド。

「ふふ、しょうがないわね。私は一人でも大丈夫よ、朝はセイお兄様やラウル達も一緒だし」

「……それが心配なんですよ……」

「どういうことかしら？」

「いえ、なんでもありません……いいですか。くれぐれもトラブルには気をつけて。問題があってもご自分で何かしようとしないで。それから変な輩《やから》には近づかないでください」

クラウドは心配性ね。推しに心配されるのは嬉しいけど、私は大丈夫よ。

私はクラウドの頭を撫《な》でる。

「ふふ、大丈夫よ。クラウドもお父様のお手伝い、無理しないようにね」

「……また子供扱いですか」

クラウドはムッとした顔で私の両頰っぺたを触り、自分の顔を近づけた。

「……私はもう子供でありませんよ」

そう言って、自分のオデコと私のオデコをコツンと軽くぶつける。

……顔近いわっ!!　スクショしたいわ！　だだだ誰か撮って!!　まつ毛長いし綺麗な瞳ね！　いえ、冷静に！　騒いではいけないわ！　クールな令嬢は、平然と!!

しばらくジーッと見つめていると、クラウドはバッと離れる。

「……で、では失礼します」

顔を赤くして足早に去っていった。

「あ、まだいってきますを言ってないのに……」


その日の午後の授業は美術。一学年同士の交流も兼ねて、外で好きなものを描くみたい。

さて、私は何を描こうかしら？　お花がよいかしら、無難すぎるわねえ。

「ダイアナ様は何を描く予定ですの？」

「カナリア様。そうね、まだ決まってないわ。学園の庭を少し散策しながら決めようと思うの」

「ダイアナ様なら素敵な絵を描くでしょうね！　私はあちらの花壇のお花を描いてきますっ。また出来上がりましたら見せてくださいな」

「ふふ、わかったわ。お互いの絵を後で見せ合いましょう」

そう言って私は一人で歩く。でもすぐにピタッと止まり、後ろを振り返る。

いつもなら後ろにクラウドがいるのに……なんだかやっぱり寂しいわ。クラウドはちゃんとお父様の仕事を手伝ってるのかしら？　お昼ご飯はきちんと食べたかしら？

そもそもクラウドみたいな子供にどうして仕事を押し付けたのか、後でお父様に聞かないといけないわね。

「――ラウル王子！　お待ちくださいませ！」

遠くではレイラ様がラウルを追いかけていた。ラウルを描きたいと騒いでいるので、巻き込まれないよう遠ざかる。

しばらく何を描くか色々見ていると、ルクアを見かけたので、声をかける。

「ルクア」

彼は私の姿を見て笑顔になった。私はルクアが何を描いているのかを覗《のぞ》いてみる。

「ルクアは剣ね。ふふ、貴方らしいわ」

「だろ！　やっぱりさ、頭にパッと浮かぶものを描くべきだと思うからなー、直感だ」

「ふふ、頭にすぐ浮かぶものね」

ルクアはドヤ顔で自慢した。完成したらまた見せてと話をし、私は一人で散策を続ける。

みんな色々と描いてるわね。

私は小さな池を見つけ、その近くに座った。うん、お花も沢山《たくさん》あって池も綺麗だから、これにしましょう。

小さな池だけど、結構深いのかしら？

そっと池の中を覗いた瞬間、グラッと足元がふらつく。

「っ⁉」

落ちそうになったところを、後ろから誰かが優しく支えてくれた。

まさかと思い、後ろを振り返ると……

「クラウ――」

「……執事君ではないよ。ダイアナ」

ラウルだった。どうやら彼は多くの女子生徒達（主にレイラ様）を撒《ま》いてきたようだ。

「助けてくれてありがとう」

「どういたしまして。ねぇダイアナは何を描こうとして……」

なぜか感じた寂しさを誤魔化《ごまか》しつつ、ラウルと話す。しばらくして、周囲が騒がしくなった。

「ラッ、ラウル王子!!　ダイアナ様！」

プルプルと怒り沸騰《ふっとう》のレイラ様、その他の令嬢や子息達だ。

「まあ、見まして!?　ダイアナ様をラウル王子が抱き締めてますわ！」

「なんかお似合いの二人だよな」

そのうち、ルクアもやってくる。

「あーお前らこっちにいたのかよ！　ラウル！　ずるいぞ！」

「あはは、こういうのは早く行動に出た者勝ちだよ」

なんだか一気に賑やかな雰囲気だわ。……静かに描きたかったのに。

レイラ様が「キィィ！」と叫び、走り去る。絶対、後が面倒ね。

「ダイアナ、僕達お似合いだってさっ」

ラウルはなぜか上機嫌になり、そのまま美術の時間は終わった。


「――と、こんな一日だったわ」

屋敷へ帰った私は、待っていたクラウドに学園の様子を話した。

「だから変な輩《やから》に近付かないようにと……」

「え？　何がかしら？」

「……いえ、別に。温かい紅茶をお飲みになりますか？」

「今はいいわ。紅茶よりもね、クラウドに見てほしいものがあるの」

私は鞄《かばん》から一枚の紙を取り出す。

そう、今日の美術の授業で描いたものよっ！　授業用には池とお花を描いて提出したけど、実は最初に描いたのは推しのクラウドだったのよね。

「……これは私、ですか？　凄《すご》い……上手ですね……」

ふふ、クラウド驚いてる！

「同人で腕を磨いていたかいがあったわ！」

「……同人……？　なんですか？　それは？」

「いえ、ふふ、こっちの話よ」

クラウドは頬を赤らめて嬉しそうに笑ってくれた。

あー！　本当に可愛らしいわね!!

彼がこの絵を欲しいとおねだりしたので、勿論《もちろん》、あげる。一枚の絵であんなに喜ぶとは……今度また描いてあげようかしら。

＊＊＊

次の朝。私の後ろに控えている執事クラウドと隣にいるセイお兄様と一緒に、私は学園の長い廊下をゆっくりと歩いていた。教室へ向かう途中でラウル達に会う。

「やあ、ダイアナ、お兄さんと……執事君復活だね。僕も途中まで一緒に行くよ」

「ラウル、おはよう」

「ダイアナー、おはよう！　セイ、執事もな！　てか、早く部活決めないといけないけどどうすんだ？」

「ルクアおはよう。まだ決めてないわ」

朝から元気なルクアに耳を塞《ふさ》ぐセイお兄様。低血圧ですものね。声の大きいルクアに困っているらしい。

お兄様はラウルだけに話しかけることにしたようだ。

「そういえば、ラウル王子は生徒会に入るんだろ？」

「お兄さん、情報早いね。うん、僕は生徒会に入るよ、一応ね」

そうね、メインヒーローは中等部から生徒会に入っているという設定だった。ダイアナも無理やり入っていたし……

「ダイアナも僕と同じく生徒会に入ればいいのに。君なら大歓迎だよ」

ニッコリ微笑《ほほえ》むラウル。私も彼にニッコリと微笑《ほほえ》み返す。

「それは却下よ」

シナリオ通りの行動はしないようにしなくてはいけないもの！　残念そうにしているラウルには、申し訳ないけど。

んー、それにしても……入学式からずっと、私を見てはビクビクしている生徒がいる。

「ねえ、やっぱり私って、嫌われてるのかしら」

クラスの子達とは仲良くなったものの、他のクラスでは私を避ける子が少なくないのよね。昔の悪評のせいだわ！

けれど、ラウルとルクアはクスクス笑う。

「あはは っ、ダイアナっ、違う違う！」

「いや、誤解だよ。彼らは——」

その時、キャッキャと賑やかな話し声が聞こえてきた。チラッと聞いてみると、女子生徒達が誰が一番かっこいいかを話している。

「やはりダントツに、ラウル王子よ！　容姿も麗《うるわ》しく勉学も完璧！　笑顔が素敵でお優しいもの！」

あら、ラウル、冷めた目なのに笑顔なんて器用ね。もっと嬉しそうにしたらいいのに。

「いーえ！　私はルクア様よ！　あの気さくな感じと少年のような笑顔がたまりませんわ！　そして何より強い！」

ルクア、「俺は確かに強い！」と自信満々なそのポーズはやめてもらえるかしら……

「私はセイ様でしょうか。いつも一生懸命勉学に励《はげ》まれている姿に感心しますもの。時々見せる笑顔には色っぽさがありますわ〜」

セイお兄様……本で自分の照れた顔を隠しているわね。素直じゃないんだから。

「来週、男子生徒の人気投票があるんですって。私は絶対ラウル王子に投票よっ」

どうやら、私が避けられているわけではなく、みんなラウル達に遠慮しているのか。それにしても、クラウドの話が、ひとつも出てないのが悔しいわ!!

そして、女子生徒達がパタパタと走り去る。

「なるほど、男子生徒人気投票というのがあるのね」

すると、ラウルが目をぱちくりした。

「そういうのダイアナは興味ないかと思ってたけど、誰かに投票するの？」

なぜか急に焦り出したルクアも叫ぶ。

「え!? 誰だよ！ そいつは！」

セイお兄様はむせているし、大丈夫かしら？

「え？ 私は誰にも投票しないわよ。誰が一位とか興味ないもの」

前世でネットランキングで最下位だったクラウドを思い出すと腹が立つから、もう順位とかそういうのはやめてほしい。そう考えながら階段を上る。そこへ、筋肉ムキムキな感じの知らない男子生徒がルクアに突っかかってきた。

「ルクア様！ 今日こそ勝負だぞ！」

「あールクア、また君に告白が来たよ」

面白がってルクアに伝えるラウル。

どうもルクアは毎日のように誰かに勝負を挑まれているみたい。ルクアは少しうんざりしている。

「またかよー、わかったわかった。勝負するから」

「ルクア様に勝てば俺がこの学年で一番強いんだ！　逃げるなよ！　オイ、邪魔だ！　根暗な執事!!」

ドンッ！　と強くクラウドを壁に向かって突き飛ばした後、私の存在に気づいたのか、その男子生徒は目をそらしてそそくさとその場から立ち去った。

クラウドは何事もなかったようにいつもながら無表情だけど……

「ねぇ……ルクア……さっきの方って剣術部の方？」

「ん？　どうした？　あー、あいつ同じ剣術部で何かと俺に突っかかってくるんだけどっ、て、ダイアナ……顔、怖いぞ！」

「……ルクアの一番弟子は誰だったかしら？」

「は？　なんだよ、一番弟子なんていないよ。俺が剣術を教えてるのはダイアナだけ……って――」

ラウル達が顔を引きつらせる。

「ダイアナ……まさかと思うけど……」

「ふふ、あら。やはり師匠より、まずは弟子を倒さないとね」

クラウドも顔を青くした。

「あの……お嬢様……？」

推しのクラウドを突き飛ばすし、根暗執事とは失礼よ!!

私はもの凄《すご》く腹を立てていたのだった。

＊　＊　＊

――放課後。ガヤガヤと生徒達が剣術部の会場に集まった。ラウルとセイ、クラウド、そしてルクアまでその中にいる。

カナリアがクラウドに話しかけた。

「あの、ダイアナ様を見かけませんでしたか？　あれ？　ルクア様がなぜここに？　あちらで剣術の勝負をされるはずでは？」

ルクアはどよんと暗い顔をしている。

「はぁ……言うこと……聞いてくれなかったんだよ……」

カナリアはよくわからないと首を傾《かし》げた。

「え？　それはどういうことですの？」

その問いに、ラウルが少し困った顔で答える。

「ダイアナは今あのギャラリーの中心にいるよ。面を被ってて顔がわからないから、相手は対戦相手がルクアだと思ってるけどね。彼女に何かあったら、うん、あの筋肉野郎は本当に許さないんだけど……」

セイはため息をつく。

「怪我でもしたら、どうするんだ。あの馬鹿はっ」

クラウドも黒いオーラを発していた。

「もしお嬢様が怪我をされたら……コロス」

四人のオーラがとにかくドス黒かったので、カナリアはその場から少し離れる。周りも彼らに声をかけづらい様子だ。

「試合開始!!」

そんな審判の声と共に歓声が上がった。誰もが試合をしているのはルクアだと思い応援し、相手もルクアだと思い剣を振りかざす。そこに一言。

「貴方……図体だけですのね、遅いわ」

「は!?」

誰もがルクアだと思っている人物は、ビュン!! と一撃で相手を倒した。

「きゃー! やっぱりルクア様が一番よ! 勝ったわ!」

「やはり、今年の一学年はルクア様がダントツでなくて?」

「ルクア様かっこいいなー! 俺もルクア様のような……ってあれ?」

一斉にギャラリーが沸く中、面を外したのはダイアナだ。

ざわつく観衆。倒された男子生徒もプルプル震えて彼女を指さす。

「……え、あの、ダ、ダイアナ様がなぜ」

「あら。ふふ、人を指さすものでなくてよ」

クラウドがすかさずダイアナにタオルを持っていった。

「お嬢様っ……! あまり無茶はしないでください」

彼はキッと対戦相手の男子生徒を睨《にら》みつける。男子生徒は女子生徒に負けたショックに加え、クラウドの殺気で倒れたのだった。

次の週――

「え？　男子人気投票も女子人気投票も……彼女？　え。どういうこと？」

「彼女って、あのダイアナ・レイモンドかな？　あの子可愛いよなあ！　勉強もできて強くて可愛いって最強じゃないか！　しかも家柄もよし！」

ダイアナが生徒会主催の人気投票で一位をとった。

それを受け、最近生徒会に入ったラウルと、ルクア、セイの三人は生徒会室に乗り込む。

「はい、どうぞー、ってラウル様達じゃないか。どうしたの？」

他の生徒会役員に迎えられ、部屋に入った三人――まずはラウルが代表で口を開いた。

「今年から人気投票などは廃止いたします」

ラウルはニッコリと他の役員に話す。

「え？　なんで？　ラウル様達も反対してなかったじゃないか」

「……この前みたいに目立って、余計な奴らに好かれるの嫌だしね。本人も投票嫌いみたいだし」

「これ以上ライバルは増やしたくねーしな！」

「妹を変な目で見る奴らが増えるばかりなのはよくない」

三人共素敵な笑顔で中止を求めてくる。そして、人気投票は……廃止とされた。

そんなことは何も知らないダイアナだった。

＊＊＊

「――どうしたの？　ダイアナ。ダイアナの好きな野菜キッシュだよ」

ある日。ゲームのメインヒーローで人気キャラのラウル王子が言った。

「ダイアナはもう痩《や》せたし、そこまで頑張らなくてよくないか？　ほら、このへっぽこりんごジュースも美味《おい》しいぞ」

老若男女問わず人気のルクアも言う。

「……おい、野菜ばかりではなく肉や魚も食べないと栄養にならないぞ。ほら、肉だ」

年上女性達にとても人気なセイお兄様まで加勢した。

私の前には今、みんなが沢山《たくさん》盛り付けてくれたランチプレートが用意されている。今日はみんなと学園の昼食を一緒にいただいているのだ。正直、かなり目立っているわ。

私はひっそりとクラウドと一緒に昼食をと考えていたのに。

周りからは熱い視線……あ、レイラ様が遠くで……睨《にら》んで……

そこで私はガタッ！　と立ち上がった。

「これよ……！」

「「何が？？？」」

最近体重が増えてきた理由。それは……

「……私はみんなとのお茶会を控えるわ。昼食も」

けれど、ラウルはクスクス笑う。

「大丈夫だよ。太ってないし、どんなダイアナでも可愛いよ」

私、太ってきたとかまだ言っていないのに。ラウル……さすがメインヒーローね。

「ダイアナは気にしすぎじゃないか？　あ、一緒に剣術部行くか？　運動になるし、大歓迎だけどなあ。ダイアナなら女剣士になるのも夢じゃないとか部員達も言ってたよ」

「ルクアは沢山《たくさん》食べても太らないのね、羨《うらや》ましいわね……セイお兄様も……ラウルは小食だし」

でも、私の体重が徐々に増えているのは間違いない。運動してもしても、痩《や》せないの！

「と、いうことで、私は食事を控えます」

私はそう宣言し、その場から立ち去った。


あれから一週間。私は学園が終わるとすぐに帰宅し、夜まで運動をするようにした。勿論《もちろん》、朝のジョギングもよ。

「ななじゅうい～ちっ！　ななじゅうにっ！　ゼェゼェゼェ……ななじゅう……っっぷは！　ダメだわ！　胸が邪魔よ！」

腹筋を少し怠《おこた》っただけでこんな無様な……!!　最近気が緩みすぎていた罰ね。

「……ダイアナお嬢様、そろそろ夕食のお時間です」

「……はぁはぁ……いらないわ……水で充分だわ」

「頑張るのはいいですが、それでは体を壊します」

「太っちょ回避したいもの、ほら、またオデコにニキビができたのよ？　だから私、もっと痩《や》せて綺麗になり――」

ふらっと目眩《めまい》がし、私はそこで倒れた。薄《うっす》らとクラウドが青ざめて私の名前を呼んでいたのはわかったけど、その後は意識がなくなる。

……食事抜きすぎたみたいね。

そして夜に目が覚めると、私はベッドの上で寝ていた。

その横には、腕と足を組み椅子に座ってスヤスヤ寝ているクラウド……

え！　寝顔もとっても可愛いわね!!　天使がここにいるわ！

ついクラウドの頬っぺたを触った瞬間、彼が急にカッと目を開き、私の手首を強く握ってドサッとベッドに押し倒した。

「え？　あのクラウド……？」

クラウドはハッとした顔で手を離す。

「申し訳ありませんっ、少し寝ぼけてしまいました」

彼は顔を真っ赤にして謝った。

ふふ、寝ぼけているクラウドを見られて、私は嬉しいけどね。

――グギュルル～。

その時、突然、私のお腹《なか》が鳴り響く。恥ずかしいわね……レディとしてかなり問題あるわ。クールな令嬢のダイアナのはずが、これじゃあ腹ぺこ令嬢よ。

クラウドはクスッと笑った。

「……情けない気持ちなのに笑うなんて酷《ひど》いわ」

「申し訳ありませんでした。ですが、体は正直なのでしょう。まったく、無理をするからですよ」

「あら、私にお説教かしら？」

「説教をしてほしいならしますが？」

私とクラウドは見つめあい、笑う。

「……クラウド。ごめんなさい、ちゃんと食事はとらなきゃダメね。焦ってしまったわ」

しばらくして、クラウドは温かいポットとお皿を持ってきてくれた。

「人参《にんじん》スープと温野菜サラダです」

クラウドお手製の人参《にんじん》スープだわ。ふふ、私、これ大好きなのよねっ。

「んっ、美味《おい》しいわっ！」

クラウドは私のオデコに手を置き、特に熱は上がってないと確認してくれる。けれど私は、彼の顔色が気になった。

「ねぇ、クラウドは食事したの？」

クラウドは一瞬目をそらす。

「はい、食べました」

キュるるる～。

クラウドのお腹《なか》から可愛らしい声が聞こえてきた。

「食べてないのね」

クラウドはしまったと頬を赤らめる。

「ふふっ、私達おあいこね。貴方も無理はダメよ。私のそばにいたせいで食事できなかったのね、一緒に食べましょう」

私とクラウドは温野菜サラダを半分こして食べたのだった。

クラウドは大好きなかぼちゃをもぐもぐと食べてて幸せそう！　あー可愛い！　可愛らしいわ！

きちんと三食食べて運動をする、メリハリある生活を心掛けなきゃならないわね。私としたことが焦ってしまった、反省しなきゃ。

ダイアナ・レイモンド!!　一・五キロ増えた模様!!

ダイエット……難しいわね。

＊　＊　＊

「――んーやっぱり筋肉もあるのかしら……？　あと身長も伸びたかもしれないわね」

ひょっとして成長期なのかしら？　体重が増えたと焦っていたけど、筋肉が増えているせいでもあるわね。いえ、筋肉ムキムキはいやよ！　剣術はほどほどにしましょう。代わりにジョギングとヨガはかかせないわね！　とにかく！　まだまだダイエットしなきゃならないわ!!

私は今、全身鏡に映る自分を見ていた。

「ファイトよ！　ダイアナ！　貴女《あなた》はやればできる子よ！　断罪回避！　太っちょとはおさらば！」

そこに、コンコンと音がする。

「失礼します。お嬢様……」

「あ……」

また変なところをクラウドに見られたわ。

彼は何食わぬ顔でスタスタとこちらに歩いてきて、温かい生姜《しょうが》湯を渡してくれた。

……なんだかこっちが恥ずかしいわ。リアクションないんだもの。もう慣れちゃったのかしら。

クラウドはニッコリと笑う。

「ダイアナお嬢様は冷え性ですからご用意いたしました。生姜湯は血管を拡張させ血行を促進し、全身を温めてくれますし、ダイエットにもよいかと……」

私の奇行は見なかったかのように振る舞っている。ふっ、本当に推しのクラウドはできた執事ね。

「ありがとう、いただくわ」

その後、私は朝のジョギングを終え、昼食はヘルシーな料理を食べ終えた。

そして、この前倒れて心配かけてしまったお詫《わ》びにクラウドや他のメイド達へ野菜クッキーを作ろうとした時、彼女は突然やってきた。

そう、プルプル震えてお怒りモードのレイラ様だ。

「お聞きになりまして!?」

「……え!? あのレイラ様? 今日はどうなさっ――」

「これを見なさい!! このおブス!」

彼女は私に一枚の記事を見せてくれた。それは学園の新聞で、美術コンクールでラウルが優勝したと記載されている。あら、さすがメインヒーローのラウルね。

「やっぱりラウルは凄《すご》いわね、これがどうしたのかしら?」

「よくご覧なさい! 評価されたのはこの前の美術の授業の時の絵よ!」

「絵?」

あら、絵のモデルは私だったのね。ソックリだわ。

レイラ様はキッと私を睨《にら》む。

「この一枚の絵で! 貴女《あなた》がラウル王子の婚約者候補筆頭になったのではないかと、学園中の噂《うわさ》になってますの! 私ではなくっ! 貴女《あなた》みたいなおブスがよ!!」

続けてキーキーと私に文句を言ってきた。

「あくまでも噂《うわさ》でしょう? ラウルと私はよき友人だわ。それに私、王妃には興味ありませんもの。そんなことよりレイラ様、カモミールティー飲みます?」

客間のテーブルに腰を落ち着けたレイラ様は、まだブツブツ文句を言いながらもカモミールティーを飲む。とにかく冷静になってほしいわ。

彼女は私の服をちらりと見て呟《つぶや》いた。

「ダイアナ様はあいかわらず、地味ね」

レイラ様はド派手な赤よね。なんだろう……彼女はいつも赤ね。

「レイラ様はいつも赤ですわね？　何かこだわりがあるのですか？」

すると、レイラ様はカモミールティーを眺めながらポソッと言う。

「……赤が似合うと言われたからよ」

「え？　誰に？」

そこでクラウドがコソッと私に教えてくれた。

ラウル王子とレイラ様は小さな頃からの……幼なじみ!?

え？　そんな設定、私知らなかったわ。ゲームの裏設定!?

彼女は幼なじみであるラウルをずっと好きでいるわけね。ゲームでは私が邪魔し、続いてヒロインが現れる。ラウルルートではヒロインが王妃になるので、その間レイラ様はずっと片想いしているのね……なんだか報《むく》われないわ。

「……レイラ様、私、今日クッキーを焼く予定でしたの。ご一緒にどうでしょうか？」

「はあ!?　ダイアナ様、そういうのは庶民かメイドがするのよ!?　私達のような高貴な貴族は――」

「ふふ、ラウルにプレゼントするのはどうかと思うの。慣れないのに一生懸命作ったものを無視するほど、ラウルは冷たくないわ」

レイラ様は少し黙って考えてからツンと「ま、たまにはいいかもしれないわね！　さあ！　作るわよ！」と言って立ち上がる。

こうして私とレイラ様はクッキー作りを始めた。

二時間後……

キッキンはぐちゃぐちゃに汚れた。

同じ材料に同じ分量、同じ時間で作ったのに、レイラ様のクッキーは真っ黒か生焼け状態。

どうして？　私の教え方が下手なのかしら。

レイラ様はまたプルプル震えてきたわ。お怒りモードかしらとチラッと見ると、なんだか、やり遂《と》げた感じで大満足の表情だ……なら、よしとしましょう。

「レイラ様、ラッピングもしましょうか」

彼女は勿論《もちろん》真っ赤なリボンを自分のクッキーの袋につける。

「ま、私が本気になればなんでもできるわ！　今回はダイアナ様に感謝してあげてもよろしくてよ！　おほほ！　ではご機嫌よう！」

嵐のように去ったレイラ様。黙々と汚くなったキッキンを片付けてくれるクラウド。

「……嵐のような方ね……あ、クラウド、片付けは後で私も手伝うわ。はい、これかぼちゃクッキーよ」

「……まだ私は仕事中ですので……」

「焼きたてよ？　それに一番先に食べてほしいもの。一枚だけ。はいっ」

クラウドはそこで固まった。え？　なぜ？

「……あの……自分で食べますから……お嬢様の手からは」

「ふふ、手は洗ったわよ」

「……あの、そうではなく……んぐっ」

私は一枚のクッキーをクラウドの口にいれた。もぐもぐと食べる姿がまた可愛らしいわ！

「ふふ、美味《おい》しくできたかしら？」

クラウドは笑顔で頷《うなず》く。この後、私は屋敷の者や家族にクッキーを配った。

＊＊＊

「――ラウル王子!!」

一方その頃、レイラはラウルに会いに王宮へやってきた。

「レイラ嬢だぞ？　ラウル」

ラウルと一緒にいたルクアがそう教える。ラウルはため息をついた。

「……レイラ嬢、君とのお茶会は来月のはずだけど？　何か僕に用？」

「あ、あの、私クッキーを焼きましたの！」

ラウルとルクアは同時に叫ぶ。

「「え？　誰が!?」」

「私ですわ！」

「「え？　いつ？」」

レイラは自信満々にクッキーを渡した。

「……絶対こういうの昔からしなかった君がね……ふぅん」

ルクアは真っ黒なクッキーを見て、「えーあー俺はうん！　今から剣術の稽古《けいこ》だから！　んじゃ！」とそそくさと逃げる。

「あの、ダイアナ様と一緒に作ったんですわ！　彼女に少し教わって……それで、あの」

それを聞いたラウルはクスクス笑った。

「ダイアナ……がね。そう……」

「あの！　す、少しだけ黒い部分はありますけど私の自信作ですわ!!」

レイラの手に自慢のネイルはなく、ボロボロだ。ラウルはそれを見つめる。

「……こんなの絶対に嫌がって作らない君がね。……そっか。うん、ありがとう」

お礼を言われ、レイラが舞い上がった瞬間――

「でもクッキーはダイアナの作ったものが美味《おい》しいんだよね」

ニッコリとレイラに微笑《ほほえ》むラウルだった。

＊＊＊

次の日。学園でレイラ様を見かけたので、私は声をかけた。

「レイラ様、昨日はラウルに渡せましたか？」

けれど、プルプル震えてお怒りモードのレイラ様。

え？　なぜ？

「ふん！　あまり調子に乗らないでほしいわね！　私は負けませんから!!」

え？　え？　何がかしら？

「……彼女と仲良くはまだ難しいのかしら……」

彼女……悪い子ではないのだけど……やはり嫌われているみたいだわ。残念……

私はため息をついたのだった。

＊＊＊

「──ダイアナ・レイモンド!!　お前はただの婚約者候補の一人にすぎないのに僕の愛しい人を傷つけた！　この者を死刑に！」

ラウル……？　私何もしていないわ？　急に冷たくなってどうしたのかしら？

「ダイアナ！　いつもいつも陰で虐《いじ》めをしやがって!!　最低な奴だ！　この剣で斬り刻んでやる！」

ルクア!?　ちょっと待ってちょうだい！　斬り刻むってどういうこと？

「本当に醜《みにく》い奴だな。こんな妹をもって恥ずかしいから、この薬を飲め、そして消えろ」

セイお兄様……？　私達仲良くしてたわ。どうして急にそんなことを……

私は三人の攻略対象者達に囲まれ、責め立てられていた。

後ずさると何かにぶつかる。後ろを振り向いた先に、推しのクラウドがいた。

「クラウド……っ！　よかったわ、みんなおかしいの……貴方はわかってくれ――」

ところが、彼はパシッと私の手を振り払う。その目は化け物を見るように冷たい。

クラウドの隣には可愛らしい女の子がいて、彼はその女の子に優しく微笑《ほほえ》む。

「クラウド……待って……」

クラウドと女の子は笑いあいながら歩み去る。

まっ……待ってちょうだい！　クラウド……！

「……その笑顔、写真に撮らせてちょうだい!!」

――目が覚めたら朝だった。なんていう夢を見てしまったのかしら。

とりあえず気にしないことにして、私は朝食をとる。けれど、いつもなら後ろに控えているクラウドがいなかった。

「あら？　クラウドがいないわ……」

そう口にした瞬間、クラウドが現れる。

黒いマスクをしているわ……え？　風邪かしら？

「クラウド、おはよう……あの、風邪をひいたの？　大丈夫？」

そう声をかけると、彼は違うと首を横に振った。

風邪ではないなら、なぜマスク？？？　それにどうして喋《しゃべ》らないのかしら……？

そして、その後。クラウドは私を避けるようになる。

「……クラウドがおかしいわ……反抗期かしら……」

ラウルとルクア、セイお兄様も首を傾《かし》げた。

「というか、普通は執事って、あそこまで近くにいないものだからいいんじゃないか？　まあーでも、確かに執事、暗いな。非常ーに暗いなっ！」

とは、ルクアの言葉。彼はチラッとかなり後ろにいるクラウドの様子を見る。

「……反抗期だわ……」

でも、ラウルはあまり気にしていないようだ。

「今、僕達がなんの話をしているかを気にしてかなり殺気だっているのは間違いないけどね」

え？　仲間ハズレとかしてないわ!?　クラウドに声をかけても一言も話してくれないのよ。

そこでセイお兄様が口を開く。

「いや、というかアレは――」

「やっぱり反抗期だわ！　私……今夜クラウドとお話ししてくるわ」

だって……ここずっとまともな会話をしていないもの……この前見た夢が気になるし。クラウドが冷たい目で私を見てきた……

夜になるといつもハーブティーを持ってきてくれるのに……最近はクラウドではなく別のメイド。クラウドが淹《い》れてくれるハーブティーが一番美味《おい》しいのに……

下校後、ちょうど屋敷の庭にいると聞いて、私はクラウドのもとへ向かった。クラウドは庭の掃除をしていた模様。

「クラウド！」

そう呼ぶと彼は気まずそうに私から目を背ける。

大丈夫よ、私はクールな令嬢ですもの！　冷静に！

「クラウド……私あなたに何かしたかしら？」

問いかけても、クラウドは答えてくれない。常にクール！　そうクールな対応で……

「……あの……あの……わたし」

大人な対応で反抗期の子の声を聞くだけよ！　無視されてもクールに！

「……っ……わ、わたしのこと……い……い……嫌になっちゃったの？」

ポロポロ涙を流す私に慌てたクラウドは、ハンカチでそれを拭いてくれた。

「……ちがっ……違います！　嫌になるはずありません！」

………ん？

私はクラウドの声に集中する。これはゲームでよく聴いていた声だわ。

彼は申し訳なさそうに私の涙を拭きながら頭を撫《な》でてくれた。

「……クラウド……声変わり……ぐすっ……したのかしら？」

「……はい……申し訳ありません……もう可愛らしい声でなくなってしまいました……お嬢様が可愛い可愛いと言ってくれていたのに……こんな……低い声を聞いたら……ガッカリされるかと」

「ガッカリ……しないわよ。クラウドに冷たくされるのが嫌だわ……」

「申し訳ありません……あぁ、私ごときに涙を流して……本当に申し訳ありませんでした……」

罰として、明日一緒に図書館へ行くわよと命令すると、嬉しそうにクラウドは返事をしてくれた。

こうして私達は仲良し？　に戻れたようだ。よかったわ！

そして次の月。同じようにラウルとルクアもマスクをして私を遠ざけた。それも声変わりだったらしい。

みんな成長期ね！　でも、そんなに恥ずかしいことなのかしら。

「ふふ、セイお兄様は……まだ声変わりされていないわね」

そう言うと、セイお兄様は耳を赤くし「ふん、俺はまだいいんだよ」と少しふてくされていた。

「――クラウド、今日は天気がいいからジョギングをするわ」

「はい、お嬢様」

ふふ、クラウドの声はショタではなくなったけど……とてもよい声よ‼　録音したいくらいにね。

＊　＊　＊

今日は王宮にしかない本があるとのことで、それを借りるために王宮でラウルと会う約束をしていた。なぜかセイお兄様とルクアも一緒だ。

「俺も借りたい本があるからな」

そう言うセイお兄様にラウルがため息をつく。

「監視人は執事君だけで十分なのに……はぁ」

ルクアは今日も明るい笑顔だ。

「俺も本を読みたい気分だからな！　はは！」

「「嘘つけっ」」

何やら三人は楽しくお話をしているわね。

後ろに控えているクラウドは、いつもながら無表情。あ、目が合ったら微笑《ほほえ》んでくれたわ！　今日もいいことがありそう！

そこでラウルがこちらを振り返る。

「さあ、ダイアナ。僕が王宮の図書館を案内するよ」

「……おちっこ……」

「そう、おちっ……え⁉」

ラウルはビックリし、みんなも声のするほうへ目を向ける。茶色の髪でクネクネ癖っ毛の可愛らしい男の子がプルプル震えていた。

「おちっこ……おトイレどこ？」

男の子は近寄ってきて、ぎゅーと私のドレスの裾《すそ》を握り締める。あらあら！　なんて可愛らしいのかしら！

「こいつどこの貴族の子供だよ？　よっしゃ、とりあえずトイレ行くか！」

男の子はコクンと頷《うなず》く。ルクアが小さな子を馴れたかんじでトイレへ連れていった。ふふ、面倒見がよいのね。

さて、トイレを済ませた後、戻ってきた男の子は仁王立《におうだ》ちで私達を見てウンウンと頷《うなず》く。

見たところ、この子は四歳くらいかしら？

「……えと、僕のお名前はなんていうのかしら？」

男の子は私をジーっと見てニコニコ笑う。

「んと、ぼくはーおうじさまね！　おねえちゃまはおひめさまっ！」

えーと、つまり、私達に遊んでほしいということ？　男の子が抱っこをせがむので、私は請《こ》われるまま抱っこする。ルクアは「ちょ！　なんかずる!!」と騒いでいた。

男の子はそんなルクアを見て提案する。

「赤いかみのきんにくおにぃーちゃんはぼくのけらいね！」

「え？　お、おう！　俺はチビの家来だな！」

あら、ルクア対応早いわね。

次に男の子はセイお兄様に、「めがねにぃちゃんはぼくのわんちゃんね！」と言った。

「え？　俺、犬!?」

続いてラウルを見て、一瞬舌打ちする。

「ちっ、おまえはーおうじにたおされる、はらぐりょだいまおうやくねー」

「ブハ！　ラウル！　お前、腹黒大魔王って！　似合いすぎ！」

「……この子、なんか僕に恨みあるの？」

ルクアとセイお兄様は笑っているが、ラウルは納得いかない様子だ。

男の子はクラウドには、「くろいおにぃちゃんはーまおうのげぼくー」と言う。

クラウドは固まり、ラウルはププッと笑った。

……ということで私達は謎の小さな男の子のゴッコ遊びに付き合うことになったわ。


「――ははははは！　さあその可愛らしいお姫様は僕のものさ！　ひれ伏せ愚民共!!」

「ラウル……なんか俺、お前の将来が軽く見えてきたぞ？　もうね、この国が心配になってきた。めちゃくちゃ似合いすぎて引くわ」

「ルクア、うるさいよ」

小さな男の子は木の枝を持ち、セイお兄様の背中に乗ってラウルに「ちぇーい！　はらぐろー！たおれりょー！」と叫んでいる。

「わ、わん……くっ！　なんで俺だけ犬!!」

セイお兄様は渋々、犬役をしていた。

ラウルは小さな男の子を軽くかわして爽《さわ》やかな笑顔で私のもとへやってくる。

「さあお姫様、僕と二人で王宮の図書館へ行こうじゃないか」

「ラウル……貴方ノリノリね」

と、その時――

ビュン!!

ラウルをめがけて太い木の枝が投げ込まれた。ひょいとかわしたラウルは、投げた犯人――クラウドにニッコリと微笑《ほほえ》む。

「……ふぅん。下僕のくせに魔王様の邪魔するわけ？」

涼しげな顔のクラウドは、二本の木刀を構えた。

「その方は簡単に触れていい方ではありませんよ……魔王様……」

ラウルとクラウドはお互い睨《にら》みあう……ふふ、クラウドもなんだかノリノリね!!

「おい！　それは俺の台詞《せりふ》だからな！」

あら、ルクアも参戦？　三人は遊び始めちゃったわ……そんなことよりも……木刀なんて、どこにあったのかしら……

そこでセイお兄様が「……下僕の内乱が始まったな」と呟《つぶや》いた。

クラウドは二人に負けないくらい強い。剣ではルクアが一歩強いはずだけど、同等にわたりあっている。涼しげな顔で攻撃をかわしているし、二刀流!!　ラウルも負けていないわね、相手の様子をうかがいながら動いて……うーん……もう、凡人の私にはわからない。

三人共動きが速くてよく見えないのよね。

「ふふ、三人共まだ子供ね。じゃれあっているわ」

「……なんでそう見えるんだか」

私は男の子を抱っこして、呆れ顔のセイお兄様と一緒に日陰に座った。

「お兄様は行かないんですか？」

「ダイアナ……俺にあの無法地帯へ行けとは、死ねと言っているようなもんだぞ」

「ふふ、セイお兄様、ご冗談を」

それにしても、三人はかれこれ三十分は遊んでいるわね。

「……魔王っ、ゼーゼー……もう降参しろよなっ……ハァハァハァ……」

「ははっ、それいうなら……ハァハァハァ……きみたちだろ……」

「………ハァハァ………ちっ」

クラウドが間合いをとった瞬間、ラウルとルクアは四歩下がった。ラウルは額《ひたい》に汗を垂らしながら、クスクス笑う。

「……ゴッコ遊びなのに……君凄《すご》い殺気だね」

「執事、お前何者だよっ！　すげービビリな殺気なんだけど⁉」

「ダイアナお嬢様の執事ですが……」

遠く離れたところで三人の様子を見る私とお兄様。

「……三人共まだ遊ぶのね。あら眠たいのかしら？」

私とセイお兄様でお伽話《とぎばなし》などを聞かせていたせいか、小さな男の子がウトウトし始めた。その時――

ミシミシ……ッと、大きな音が聞こえる。

え？　なんの音？　キョロキョロ見渡したものの、わからない。

「なんだ⁉　この音は……」

「セイお兄様も聞こえましたか？」

そこで、男の子がぱちっと目を開ける。

「おっきな、きがミシミシいってるー」

「「え?」」

振り返ると、私達の後ろにある一本の木が倒れてきていた。

「え!?　嘘っ……まさか、根が腐って……?」

セイお兄様はとっさに私と子供もギュッと庇《かば》う。

「ダイアナ!!　伏せろ!」

その瞬間。

目の前にラウル、ルクア、そしてクラウドの三人が飛んできた。倒れてきた木にタイミングをそろえて蹴りを入れる。

ドシャン!　と木は逆側に倒れ、なんとか助かった私達。

……いや、貴方達、木を蹴り一発って……凄《すご》いわね。

「王宮の庭の手入れ、全然ダメだね。後で報告しなきゃならないよ。三人共、大丈夫?」

「ったく!　もう少しで決着ついたはずなのにっ!　ダイアナとチビっこ大丈夫か!?」

クラウドは私が怪我をしてないかチェックした後、小さな男の子も見てくれた。男の子は興奮してプルプル震えている。

「凄《すご》い凄《すご》いー!!　つよいー!」

「危ないところを助けてくれてありがとう。ふふ、三人共息ピッタリでやっぱり仲良しなのね」

褒《ほ》めたのに、三人は「「「え……」」」と、不満そうな顔で固まった。

そこでラウルがハッと何かを思い出す。

「あ、この子、誰かわかったよ！　絶対レイラ嬢の弟だ……凄《すご》く誰かに似てるなと思ってたんだよね。小さい頃のレイラ嬢にそっくりだよ……」

茶色の髪の毛につり目の小さな男の子は、レイラ様の弟——ライラ君らしい。

確かに似ている、かもしれないわ。

しばらくして、レイラ様の家のメイドがライラ君を捜しに来た。彼女は何度も私達に頭を下げて
ライラ君はニコニコ手を振る。

「ばいばーい！　はらぐろー！　きんにくー！　めがねー！　くろいのー！　かっこよかたよー！またねええ！」

彼は元気よくその場から去った。

嵐のように来て去るところも似ているわ。

「ふふ、子供って可愛いわね。欲しくなっちゃうわ」

自分の子供だったら、更に可愛く感じるのかしら？　結婚も子供も前世では経験がなかったのでわからない。

そう考えていると、横にいるラウル、ルクア、クラウドが真っ赤な顔になっていた。

「え、うん、欲しいって……うん、そ、そうだね」

急にしおらしくなる、ラウル。

「……ほほほしいって、まだ、早……、お、俺は子供好きだけど！」

意味もなくテンパる、ルクア。茹《ゆ》でダコのように真っ赤な顔のクラウド。変なの。

でも、今日は可愛いではなく、カッコいいクラウドを見たわ!!　後で飴《あめ》っこあげなきゃ！

私はニッコリとみんなにお礼を言う。

「今日は助けてくれてありがとう。……とセイお兄様も……あら……？　セイお兄様!?」

セイお兄様は木が倒れてきたと思い込んだようで、気絶していた。

「なんで俺……犬役……」

気を失っても呟《つぶや》いていた。

＊　＊　＊

「うっ……む、むねがキツイ……ウェストもちょっぴりキツイかもしれないわ……」

現在、私は苦しんでいた。

メイドにドレスの着替えを手伝ってもらってわかったけど、やっぱり太ったわ……。メイド達は「お嬢様は美しいですよ！　太ってませんし、いい感じに成長しております！」と褒《ほ》めてくれるものの、……何がいい感じなのかサッパリよ。明日ヨガに集中しようかしら。

「ハイ！　お嬢様もう一度息を吸ってー!!」

「えっ!?　もう無理よ!?　たかだか私の誕生日パーティーにお洒落《しゃれ》しなくてもいいのにっ……」

「レイモンド家のダイアナ様ですよ！　何よりも目立って美しいお嬢様を見せなきゃ!!」
ダ、ダメだわ、話を聞いてくれない。メイド達はなぜか燃えている。うぅ……私はクラウドを見守りながら紅茶をゆっくり飲みたかったのにっ……
「ぷはっ！　も……もう苦しいっ!!」

今日は私の誕生日パーティー。青と白の豪華なドレスと美味《おい》しそうなご馳走《ちそう》ばかりが用意されている。食べたいけど……我慢よね。食べる暇もないだろうし……

いつもお花だらけの可愛らしい庭も装飾され、キラキラしている。

その先では推しのクラウドが執事姿で私を待っていた。彼に歩み寄ると、クラウドは一瞬目を大きくしてから頬を赤らめて優しく微笑《ほほえ》む。

「……ダイアナお嬢様、とても美しいですよ」

「ふふ、ありがとう」

いや！　貴方のほうが可愛くて美しいわよ!!　そうツッコミたいのを我慢する。

「クラウド……本当にもう半ズボンではないのね」

「半ズボンはもう卒業しましたから。さあ、皆様がお待ちかねです」

中等部に上がり、半ズボンの執事姿が見られなくなったのは残念だけど、これもまた彼の成長の証《あかし》ね！

会場に行くと、お父様が私の姿を見て満足げな表情になり、いかに私ができる娘かを貴族達に自慢し始める。隣にいるお母様は呆れていた。

実はこのパーティーは、セイお兄様のプチお披露目会でもある。次期レイモンド家当主であるセイお兄様は、みんなに注目されていた。

セイお兄様の周りには令嬢達が沢山《たくさん》集まっている。さすがお兄様だわ。

「ダイアナ、誕生日おめでとう」

「よっ！　ダイアナ！　誕生日おめでとうな」

振り返ると、ラウルとルクアがお祝いにやってきていた。

ラウルは綺麗なブローチを誕生日プレゼントだと言って渡してくれる。凄《すご》く素敵なデザインだわ。絶対高価なものでしょう。それに、私の好みね。

「ダイアナは派手な装飾のものより、こういったシンプルなデザインが好きかなと思って」

「そうなの、よくわかったわね。ありがとう」

「ダイアナ！　俺はこれをプレゼント」

ルクアに渡されたのは、小さな短剣。

「少し抜いて振ってみろよ、いい鍛冶屋《かじや》に作ってもらったんだよな」

ルクアに言われて、短剣を鞘《さや》から抜いた瞬間、それは長い剣へと変化した……？

この仕組みが凄《すご》いわね。なるほど、普段は短剣だけど、使う時は長くなるわ。しかも軽い！

「凄《すご》い剣ね！　ありがとう」

「へへっ」

ルクアは照れつつも満足気だ。

「いや、女性に剣をプレゼントって……」

そんなルクアにラウルは少し呆れている。けれど、ルクアは得意げな顔だ。

「ダイアナ」

声をかけてきたのは、セイお兄様だわ。あら、令嬢達から逃げてきたのね。

「プレゼントだ。誕生日おめでとう」

小さな包みを渡され、開けてみるとピンク色の小瓶だった。とてもいい香りの香水だわ。

「ふふ、素敵な花の香りねっ。セイお兄様ありがとう」

「ダイアナ様！　お誕生日おめでとうございますっ」

友人のカナリア様も祝いに来てくれ、私は可愛らしいペンとレターセットを貰う。

「カナリア様。可愛いプレゼントをありがとうございます」

「あーダイアナの友達だったか、いつも妹がお世話になっている。これからも仲良くしてくれ」

セイお兄様がぺこりとカナリア様に挨拶《あいさつ》をした。カナリア様は顔を赤らめてあたふたしながら、「ふぁ！　いいいえ!!　私こそいつもダイアナ様に勉強を教えてもらったりしておっ、おりまちゅっ！　……っ」と言い、舌を噛む。ふふ、セイお兄様も罪な男ね。

その後、みんなでワイワイ楽しくお話をしていると、レイラ様と弟のライラ様が来てくれた。

「ダイナーおねーちゃまっ」

ふふ、まだダイアナと言えないところが可愛いわ。

ルクアが「お！　チビ！　元気してたかー！」とライラ様に絡む。一緒にいるレイラ様は、プルプル震えてこちらを睨《にら》んでいた。

「あの……レイラ様。今日は来てくださってありがとうござい――」

そう言いかけた瞬間、彼女からド派手な赤いリボンに包まれた箱を渡され――いや、投げつけられる。

「まあ、これを私にですか？」

「こ、このプレゼントはこの前、私の弟、ライラを助けてくれたお礼よ！　勘違いしないでちょうだい!!　ちなみに中は今流行《はや》りの美顔器よ！　まっ、ブスが何かしたところで変わりはしないと思うけれど!!　おほほほ！」

美顔器!!　嬉しいわ！　お礼を言おうとすると、レイラ様はラウルと追いかけっこを始めてしまう。隣にいたカナリア様がクスッと笑った。

「私、レイラ様が苦手でしたが……最近可愛らしいと感じてます」

「ふふ、そうね。あ、ごめんなさい。私、少し席を外させていただくわ」

そこでみんなに挨拶《あいさつ》をし、私は少し人気《ひとけ》のないところへ行く。

……苦しいのよ、さっきから!!　ニコニコと会話してても、ずっとずーっと苦しかったわ！

「……ふぅ……太っちょの胸……苦しすぎるわ」

メイド達に無理やり詰め込まれた胸がずっと窮屈で苦しかったのだ。ここで少し休憩したい。

少しドレスを緩めたりできないかしら……

ビリッ。

「えっ」

嘘……ドレスの胸元が破れてしまったわ……どうしましょう!!　ふっ、クールな令嬢は冷静に対応をしなければならないわ！

けれどまたしても、ビリッと音がする。

色々とキツくしすぎたせいで、最悪なことにウエストのほうまで破れ始めた。

「え!!　うそうそっ!?　太っちょだから!?　……せっ、せっかくクラウドが綺麗なドレスだと褒《ほ》めてくれてたのに！　ど、どうしましょう」

「……お嬢様？　こんなところにいたのですか？　しゃがみ込んで何をなさって」

「クラウド……っ。ちょ、ちょちょちょっと待ってて……あの……ドレスがね……その」

少し胸元がはだけた姿の私を見たクラウドは固まった。そうよね、太っちょが無理無理着てしまったドレスがこんなになって、呆れるわよね。

クラウドは後ろを向き、自分の頬をパンッと何回か叩《たた》いてから着ていた上着をかけてくれる。

どうしたのかしら……自分を痛めつけるなんて。

「……ひとまずお部屋へ行き、代わりのドレスに着替えましょう」

ヒョイと私を軽々と抱っこしてくれるクラウド。

「……あ、ありがとう」

その後、私はすぐにドレスを替えてパーティーへ戻ることになる。その直前。

「あの……お嬢様」

「何かしら？」

クラウドは少しのお肉と野菜、私の大好きな苺《いちご》一粒が載っているお皿を持ってきてくれた。

「パーティーが始まってから何も口にされていませんでしたので……少しは食べたほうがよいかと」

「ふふ、お腹空《なかす》いてたのよね。クラウド、ありがとう。軽く食べてから行くわ」

「それと……あの、差し出がましいかもしれませんが……お誕生日おめでとうございます」

クラウドはピンクのリボンに包まれた小さな箱を私に渡してくれる。

え⁉　推しからの誕生日プレゼント‼　嬉しすぎるわ‼　冷静に、落ち着いて、ダイアナ‼

「あのお嬢様？」

「クラウドからの誕生日プレゼントは家宝ものよ……っ！　あの、開けてもいいかしら？」

「えぇ、どうぞ」

小さな箱を開けると、中に入っていたのは青く透き通った色の蝶々《ちょうちょう》の髪飾りだった。

「……とても可愛いわっ！　ありがとう！　とても嬉しいわ‼」

「安物ですが……」

「値段の問題じゃないわ。クラウドからのプレゼントですもの、大事にするわねっ！　あ、もう髪につけちゃダメかしら……？」

クラウドはクスッと笑い嬉しそうな笑みを浮かべる。

「もうお嬢様のものなので私に聞かなくてもよいかと……」

私はクラウドに貰った髪飾りをつけてもらった。

「あの、似合うかしら？　私、頭大きいけど、髪飾り見える？」

「……はい、とても」

「ふふっ」

くぅー!!　クラウドの笑顔はやっぱり可愛いし癒《いや》されるわね！

ダイアナ・レイモンド!!　ハッピーバースデー!!

＊　＊　＊

その日。お茶会中にルクアが突然、言い出した。

「――お前ら、知ってるか？　王宮の南の塔にお化けが出るって」

「ふふ、クラウド、運動した後だからローズヒップがとても美味《おい》しいわ。さっぱりするわね」

「ありがとうございます」

「いや、だからお化けがっ」

「ねぇ、ダイアナ。生徒会に入る気はないの？」

「ラウル、何度聞かれてもないわ。それに部活はもう決まってるし」

「南の塔に出るんだよ！　お化け！」

「へぇダイアナは部活を決めたのか？」

「ふふ、セイお兄様達に教えてなかったわね、実は――」

みんなに話を無視されたルクアは立ち上がる。

「だーから！　な！　王宮の南の塔に行ってみようぜ！」

彼の目はキラキラしている。そうね、その好奇心旺盛《おうせい》なところは素晴らしいと思うわ。けど、そんなルクアを「え？　何お化けとか言ってんの？」と冷めた目で見つめるクラウドもまた素敵！

「ルクア、前も言ったけど、王宮に住んでる僕が知る限り、お化けなんて出ないよ。そんなことよりも来週のテスト勉強をしたほうがいい気がするけど……」

「俺もラウル王子の意見に同意だ。そんな根拠のない話信じられないしな」

「お前らロマンがないよなぁ！　なあー行ってみようぜ⁉　ダイアナは行きたいよな⁉　なっ⁉」

子犬のように見つめてくるルクア。お化けとかあまり信じてはいないものの、ふふ、たまにはこういうのもありかもしれないわ。

「わかったわ、行ってみましょう」

「よしゃ！　何かあったら俺がお化け退治するからなっ！」


——というわけで私達は王宮の南の塔とやらへ向かった。

「南側にある塔は今誰も使っていないんだ。ルクア、行くだけだからね、中に入って様子見たら帰るから」

何度もルクアに注意をするラウル。セイお兄様も呆れた様子でルクアについていく。

南の塔は少しボロボロね、入り口のドアも……よくホラー映画に出てきそうな、いわくありげな造り。中へ入ると、ボロボロの木の板でできた螺旋《らせん》階段が上へ続いていた。

私達はキシキシと音を立てて階段を上る。

「わー！　なんか絡んできた!!　ダイアナ、伏せろ！」

「蜘蛛《くも》の巣ね」

「なんか犬のしっ、死体が!!　ダイアナ見るな！」

「人形ね」

ルクアは一人で叫び、ゼェゼェと息を乱している。

「くっ……ここは危険な塔だな！　よーし！　みんな俺を信じてついてこい！」

いえ、ルクア以外は冷静よ。ルクアの一人劇場が面白いから、見守ることにしましょうとみんなと話す。

「ダイアナお嬢様……薄暗いので足元に気をつけてください」

そっとクラウドが私をエスコートしてくれた。ふふ、やっぱり頼りになるわね。

「ダイアナは僕がエスコートするから執事君は後ろで控えててよ」

なぜか、ラウルがはりあう。

「私はお嬢様の執事ですからお嬢様をお守りするのが役目なんです。世間知らずのお坊っちゃま」

「ははは、最近ちょっと調子乗りすぎじゃない？」

「……それはこちらの台詞《せりふ》です」

「あら、ふふ、二人共本当はお化けが怖いのね？　私が手を繋いであげる、安心してちょうだい」

なんだかんだ言っても、まだまだ子供ね！　二人共違うと否定すればするほど怪しい。私が冷静になり、みんなを安心させせないといけないわ！

あ、ルクアはまた一人で何かと戦ってるわ……それ雑巾《ぞうきん》よ。

階段を上り終えると、立ち入り禁止と書かれた部屋を見つける。ドアの赤い字は……ペンキね。

「よし！　入るぞ！」

足を踏み入れるのと同時に、ビキビキッ!!　と音がした。

「きゃっ！」

床が腐っていたみたいで、私は下の階へ落ちそうになる。

「ダイアナお嬢様！」

「ダイアナっ！」

「なんだ！　お化けか!?　ってダイアナっ！」

私はクラウドとラウル、ルクアにギュッと手を掴まれて無事だ。でも、体は……

「み、みんな……あの……」

クラウドの手は少し震えていた。

「今、引き上げますから……大丈夫です」

「あの……クラウド……」

「ダイアナに何か起きたら僕は自分が許せないよ……」

「ラウル……」

「ダイアナ！　俺がお前を守ると言ってたのにっ！　ごめんなっ」

「えーと、ルクア……ありがとう。でもね……」

後ろに控えていたセイお兄様がため息をつく。

「……あー、なんか悪いけど、床下が二重になってて、ダイアナの足は地面に届いてるぞ」

そうなのよね。心配かけて申し訳ないものの、足は床についちゃってるのよね。

クラウドはホッとした顔になり、フワッと私を抱きかかえた。

「……お怪我はありませんか？　危なかっしいので、もう私から離れないようにしてください」

えーと……お姫様抱っこではないのね。推しに片腕で抱っこされるのって嬉しいけど！　かなり嬉しいけど、なんか……前世のテレビで見た腹話術の人形みたいよ!?

「ダイアナは僕が抱くから、ただの執事は後ろに控えてなよ」

ムスッとするラウルに、クラウドは「私の主はダイアナ様ですから……ただの王子に助けてもらわなくても結構です……」と反論する。

「俺が南の塔に行こうと言ったんだ！　責任は俺だから、ダイアナは俺が抱っこする！」

そう言ったルクアに対しては、鼻で笑ってガン無視した。

三人を見たセイお兄様は「ははっ、俺がやっぱり一番冷静だよなぁー」と笑う。

「へぇ、お兄さん、随分余裕だね。冷静なお兄さんなら、ここから落ちても大丈夫そうだ」

「よーし！　度胸だめしするか？」

「ちょっ！　なんで！　俺を巻き添えにするな！　やめっ！　あっ！　おい！　執事！　今俺の足

を引っかけたよな!?　なっ!?」

わーわーと騒いで賑やかね。結局お化けはいなかったって、ことかしら？

その時、部屋の奥でガタッと音がした。さっきまでの騒ぎが嘘みたいに全員シンッと静まりかえる。

「おい、今聞いたか？　音……したよな？」

「うん……聞こえたね。ルクアも聞こえたんだ」

「ま、まさか本当に？　いや、俺は信じないぞっ」

そんな中、クラウドが何食わぬ顔で私を抱きかかえたまま、スタスタと部屋の中央に向かう。

暗がりでのそのそっと動く、背が高く長い銀髪の男性。

「お化けか!!　このやろー！」

その男性を見てルクアは騒ぎ出し、セイお兄様は気絶しちゃったわ……!!　でも、この男性見覚えがある。ゲームで悪役令嬢ダイアナが断罪される時にチラッと出てきたもの。

この方は――

「父上……こんなところで何をなさってるのですか？」

ラウルが男性に声をかける。そうこの方は、この国の王様、シルビア王だ。

「なんだよ！　お化けの正体は国王だったのかよー、ビックリしたああ」

シルビア王はオロオロする。

「す、すまない。驚かせてしまったね。あぁラウルお友達と遊んでたのかい？」

そんな国王にラウルは目を光らせて文句を言った。

「そんなことより仕事はどうなさったのですか？　まさか……サボってませんよね？」

「えと、うん、今ちょっと休憩中かなあーって、はは。うん、ごめんなさい……」

……腰低いわね、王様！　どちらが親かわからないわ。

国王様は私の存在に気づき、ニコッと微笑《ほほえ》んでくれる。可愛らしい王様ね。私がクラウドの腕から下りてお辞儀をすると、国王様は挨拶《あいさつ》を返してくれた。

暗さに慣れた目で部屋を見回すと、金髪の赤いドレスを着た女の人の絵が沢山《たくさん》置かれている。キリッとした顔立ちでとても美しい人だわ。

「……とても綺麗な女性ですわ」

私の言葉に、国王様が照れた。

「僕の亡くなった妻だよ、ははっ照れるね。たまにね、息抜きで絵を描いているんだ。ラウルにもバレちゃったね、あれ？　ラウルはレイラちゃんとはもう遊んでないのかい？」

「ちょっ……！　ちっ、父上！　余計なことを言わないでください！」

ラウルが再び国王様にプチ説教をしている間、私は気絶しているセイお兄様を起こす。お兄様はヨロヨロと起き上がると国王に挨拶《あいさつ》をした。その後私達は南の塔を出ることにした。ラウルは王子としての仕事があるからと、そこで別れる。

「やっぱりお化けとかはいなかったかー。つまんねぇなあ」

ぶつぶつ言うルクアにもまた学園で、と挨拶《あいさつ》をして別れる。

「私達も帰りましょう。お化けはともかく、国王様の亡き王妃への想いを知れてよかったわ」

「素敵な絵でしたからね」

「ふふ、私もクラウドをまた描いてみようかしら。今度は油絵とかで」

「私は以前描いてもらいましたから、今度は旦那様と奥様を描いてあげたらいかがかと」

「ふふ、そうね。あら？　セイお兄様？　さっきからずっと黙ったままですが、どうしました？」

「……いたんだよ」

「え？　何がですか？」

「……国王の後ろに、赤いドレスを着た女性が立ってた。絵の中の王妃そっくりだった……」

「……えっ……」

……お化けなのかどうかはわからないけど、世の中何があるかわからないわね。

私はちょっとした冒険をした気分になった。

＊＊＊

夏が来た。日差しが暑い中、今日も太っちょにならないように、私は運動を終える。友人のカナリア様が遊びに来てくれたので、午後はゆっくりと彼女の趣味である手芸をした。

「ダイアナ様……あの、本当によろしいのですか？　私の趣味に付き合わせてしまって……縫物なんて庶民がするものだと、私、いつもお父様達に怒られているので……」

「ふふ、カナリア様は手先が器用なのね。庶民とか関係なく、好きなことをしたらいいと思うわ」

私達は楽しくお喋《しゃべ》りをする。クラウドが野菜ケーキとハーブティーを持ってきてくれた。

「ダイアナお嬢様、カナリア様、お待たせしました」

無表情の彼を最初は怖がっていたカナリア様も慣れたようだ。彼女曰《いわ》く、「とても応援したくなる方ですわね」らしい。そうね！　私もいつもクラウドを応援しているわ！

「ところでダイアナ様はご存じですか？　隣国では、お姫様が突然増えたんですって。なんでもずっと庶民育ちだった方とか……」

それはもしかして、ヒロイン？　彼女は庶民育ちだけど実はお姫様で、色々と頑張っていくのよ。

私はなんとなく、クラウドをチラッと見る。私と目が合った彼は微笑《ほほえ》み返してくれた。可愛いわねっ!!

「そのお姫様はとても素晴らしい方みたいですよ。ラウル王子の婚約者候補になったと聞きました。高等部からは私達の国に留学してくるそうですわ」

「ラウルルート……ではなくてラウルの婚約者候補に？　レイラ様、大丈夫かしら？」

「あ、やっぱりそう思いますよね？　私もレイラ様が少し心配で……」

そうね……ヒロインがラウル王子のルートに入れば、レイラ様はご乱心なさるわよね……それとも、ヒロインが選ぶのはセイお兄様やルクアかしら？

……それに、クラウドの可能性もあるのよね。

「……まだ噂《うわさ》よ。気にしないでおきましょう」

「そうですわねっ。クラウド様のお手製のハーブティーをいただきますわっ」

カナリア様がクラウドに向かって笑顔でそう言うと、彼は無表情で頭をぺこりと下げる。

カナリア様が帰った後、私は彼女と一緒に作った人形を自分の机に飾って改めて考えた。

「……ゲームが始まるまで、あともう少しよね……」

太っちょにならないようにダイエット中だし、ラウルやルクア、セイお兄様とは仲良くしてるから断罪はありえないはずだけど、高等部には他の攻略対象者もいるから油断はできないわ。

「……お嬢様……ゲームって何か始めるのですか？」

ポロッと呟《つぶや》いたせいでクラウドが首を傾《かし》げる。ヤバイわ、可愛すぎるくらい可愛いわね！

「……ふふ、そうね。クラウドと一緒にチェスをしたいわ」

クラウドはニッコリと「……喜んで」と答えたのだった。

――もう少しでゲームは開始する。

4

学園に入学して一年があっという間に過ぎた。今年の春から私は二年生となる。ダイエットは続けているものの体型維持には苦労していた。

食べるとすぐ太る体質だから……ずっと頑張らないといけないわね!! 胸がとにかく邪魔だわ！

全ての脂肪がここに集まっているみたい……

一方、早くもラウルは生徒会長に任命され、女生徒達からの人気が凄《すご》い。さすがはメインヒーローよね。ファンクラブまである。

セイお兄様は声変わりした途端、急に背が伸び始めてビックリ。

お兄様だけではないわ……ラウル、ルクア、そして推しのクラウドもかなり背が伸びてきた。

それでもクラウドが素敵なことに変わりはない。彼は無駄のない動きをする、できた執事だもの！

去年誕生日プレゼントとして彼に貰った蝶々《ちょうちょう》の髪飾りを身につけて、私は支度を整える。

「今日からクラス替えだわ、ふふ、少し緊張するわね。それにゲーム開始までは後二年！　私は他の攻略対象者に断罪されないように気をつけなきゃいけないわ！　太っちょと断罪回避よ!!」

ガッツポーズをしていた時、クラウドがやってきた。

「……ダイアナお嬢様、そろそろお時間ですよ」

「……何を見ても何も言わないのね？」

最初の頃は固まっていたのに、今やスルー！

クラウドはクスッと笑いながら私の頭を優しく撫《な》でる。

「私は何も見ておりませんから。存分に騒いでください」

「それじゃあ、私がおかしな子みたいじゃない」

「……ダイアナお嬢様は可愛らしいですよ」

可愛いのはクラウド、貴方よ!!　と叫びたい。私達はクスクス笑いあった。そして、今日も彼は私を学園までエスコートし、後ろに控えてくれている。

私は教室へ入る前に自分がどのクラスなのかを確認した。そこへ、ラウルとルクアがやってくる。

ラウルは凄《すご》く嬉しそうな笑顔で私の手を握った。

「おはよう、ダイアナ。ダイアナは僕らと同じクラスだよ」

「ラウル！　手を握るなっ！　でもさ、ダイアナと一緒は嬉しいな！　一年間よろしくな！」

「ふふ、二人共よろしくね」

「ダイアナ様っ！　私達また同じクラスですわ！」

可愛らしい笑顔でカナリア様も挨拶《あいさつ》をしてくれる。またカナリア様と同じクラスなんて嬉しい。

「おほほほほ！　私もラウル王子と同じクラスになれましたわ！　やっぱり運命なのね！　さあ！ラウル王子、私達は生徒会ですもの！　入学式の準備をしなきゃいけませんわっ」

甲高《かんだか》い声で笑いながら挨拶《あいさつ》してくれたレイラ様は、ラウルの腕に手を回し、彼を連れていく。ラウルはレイラ様の勢いに珍しく負けた。

レイラ様とも同じクラスだわ！　二学年になったのだから、もう少し仲良くしたいわねっ！

続いてレイラ様の隣にいたそばかす顔で綺麗な赤毛の女子生徒が挨拶《あいさつ》をしてくれた。彼女はレイラ様のご友人でモア様というらしい。

「モア・セリーヌですわ。私も同じクラスなのでよろしくお願いいたします。ダイアナ様とは以前からお話をしたいと思っていましたて。レイラとは幼なじみで、あの……彼女は高飛車で面倒な性格ですが、根はいい子なのです。これからも仲良くしてくださると嬉しいです」

モア様は一年の時に、私の剣術の試合を見て感激したことを話してくれた。小さな頃から体が弱かったせいもあってか、騎士に憧れているらしい。私の試合で、女でも剣術を極められると思ったらしく剣術部に入ったとのこと。ラウルとルクアとは去年も同じクラスだし、ルクアとは部活も一緒なので二人共友人みたい。

モア・セリーヌはゲームに出てこないキャラではあるものの、お話ししているうちにとてもいい子だとわかったわ！　ふふ、これから仲良くなれそうね！

「……それにしても、濃いメンツのクラスですわね。カナリア様」

「モア様もそう思います？　ダイアナ様にラウル王子、ルクア様に、レイラ様ですもの。かなり目立つ方ばかりですわね」

カナリア様とモア様は何やら話し込み始め、私はルクアに早く行こうとせかされた。教室へ行くと、去年クラスが一緒だった方が数名ほどいて、軽くほっとする。

やがてお昼になった。私はクラウドのもとへ行く。

「ねぇ、クラウド。今日のお昼は久しぶりにゆっくりと二人で食べましょう。ラウルはレイラ様と生徒会の仕事があるし、ルクアは剣術部の稽古《けいこ》をしにいくみたいなの」

「はい、かしこまりした」

ふふ、最近ゆっくりとクラウドとランチを食べていなかったのよ。東の校舎の庭園ならば人も少ないので、そこにしましょう！

クラウドがランチの準備をしようとするのを、私は制止する。

「あ、待ってちょうだい。ふふ、実はね、もう私が用意してたの」

今朝は早く起きて、昼食を作ってきたのだ。推しのクラウド君はいつも頑張ってくれているもの！　一緒にランチしたいというのもあるしね。といっても、簡単なものだ。それでもクラウドは頬を赤らめながら嬉しそうに、「……とても美味《おい》しそうですね。では私は飲み物だけでも準備をいたしましょう」と言ってくれた。

テキパキと飲み物を準備してくれて、二人で庭園にある椅子に座りランチを楽しむ。

サンドウィッチをモグモグと食べているクラウドがまた可愛らしい。綺麗な食べ方だわ！

クラウドは私の顔を見てクスクス笑った。え？　何？

彼の手が伸びて「お嬢様……マスタードソースが口についてますよ」と言う。そして、私の口元をハンカチで拭いてくれた。なんだか……クラウド、色気が増していないかしら!?　さすがは推しキャラだわ……!!

久しぶりの二人でのランチタイムは、幸せだった。


ランチタイムの後は席順を決める話しあいとなった。私達は自分はどこに座るかわいわいと決めていく。人気の窓側は、公平にジャンケンだ。

ふふ、子供らしくて可愛いわよね。私はどうしようかしら。窓側は好きだけど、廊下に控えているクラウドと遠い。一番後ろの廊下側の端にしよう！

そう考えていると、クラスのみんなからジーッと見られていた。

「ダイアナ様はどこに座るのかしら？」

「俺……できたら近くがいいな」

「あら、ラウル王子という壁があるから無理じゃない？」

……視線を感じるわ……？　何かしら？？　みんな、どうして私を見ているの？　一番後ろだから授業サボるとか思われてるとか!?　しないわよ!?　私はクラウドの近くにいたいだけよっ！

ダイアナの悪評はまだまだ根深く残っているのね。

恐る恐るちょこんと席に着く。ヒョイと廊下に少し顔を出すと、ピシッと執事達が並んでいる中にクラウドがいた。彼は私の視線に気づき、コクンと頷《うなず》いてから微笑《ほほえ》んでくれる。うーん可愛いわ!!　今日も貴方は百点満点以上ね!!

「さて、僕はダイアナの隣に座りたいからここにする」

突然、ラウルが私の左隣に座る。え？　ラウルは窓側が好きなんじゃなかったかしら？　確かゲームで、ヒロインにそんな話をして仲良くなるんだもの。

「あ！　ずる!!　俺はダイアナの前にするわ！　ダイアナ、よろしくな！」

ルクアは私の前に座ったけど、絶対彼はもっと前の席がいいと思うわ……そこだと勉強しなそうよ。

「お二人共ずるいですわっ！　私はダイアナ様の斜めに座りますわ！」

カナリア様はニコニコと私の左斜めに座る。ふふ、またカナリア様と仲良くお話しできるわね。

「お待ちなさい‼　私はラウル王子の隣！　絶対絶対座るんですわ！」

レイラ様はプンプンと怒りながらラウルの隣に座り、私をキッと睨《にら》んだ。彼女には嫌われているみたい。席も近くなったから、仲良くなれるといいわね。

「んー、じゃあレイラのお目付役として、私はレイラの前に座るわね」

最後にモア様がレイラ様の前に座った。

「ダイアナ様！　そういえば、今日、隣国の王子様が我が国へ視察に来るらしいですわよ」

そう私に話すカナリア様に、隣にいたラウルが頷《うなず》く。

「隣国の王子、ヘンリーだね。実は昨日王宮に招いたんだよ。僕らより二歳年上の方だけど、とても気さくでいい方だよ」

「あ！　あの国では平民生まれのお姫様が現れたとかって話だったよな」

「みたいだね。ヘンリー王子は妹ができたと喜んでいたよ。彼を招いて今週末パーティーをすることにしたんだ。ダイアナ、勿論《もちろん》来てくれるよね？」

ラウルが私に近づこうとした瞬間、クラウドの手が間に入る。クラウドはラウルに「……少し近づきすぎです」と言って睨《にら》んだ。

「今休み時間なのに……執事は廊下で控えてなよ？」

ラウルはクラウドにニコニコと返す。

その後、レイラ様、カナリア様、モア様と、今週末開かれるヘンリー王子のウェルカムパーティーに一緒に行くこととなった。

隣国の王子ヘンリー……。ヒロインの腹違いの兄だわ。ゲームには名前しか出てこなかったから
どんな方かはわからないけど。少しずつゲームに近づいてる証拠よね。

なんとく……クラウドを見ると、彼は私の様子を見て首を傾《かし》げたのだった。

「ダイアナお嬢様？　具合でも悪いのですか？」

「えと、ふふ。大丈夫よ……」

そんなふうにして、ウェルカムパーティーの日がやってきた。沢山《たくさん》の来賓客の中、私はみんなを
捜し回っている。でも、見当たらない。
「クラウド、みんながいないわ。セイお兄様は少し遅れてくると言ってたし」
「カナリア様を捜してきましょうか？　カナリア様もお嬢様を捜しているかもしれませんし……多
分、王子達は挨拶《あいさつ》回りかと」
お願いをすると、クラウドは捜しに行こうとして、一度止まり振り返る。
「……いいですか？　くれぐれも知らない方についていかないようにしてください。あと変な物は
食べないように」
「クラウド、心配性ね」
私は背伸びをして背が少し高くなったクラウドの頭を撫《な》でる。大丈夫よと言うと、彼はムスッと
した。
「……また……貴女《あなた》は……子供扱いしないでください。とにかくおとなしく待っててくださいね」

そう私に注意して、カナリア様を捜しにいってくれた。

クラウドとみんなを待っていると、ふと大きな柱の陰でコソコソとお肉を食べている少年が目に入る。

「ふむ、お肉美味《おい》しいっ！」

美味《おい》しそうなオレンジ色の髪をしたその少年に、私は親しみを覚える。懐かしいというか……かなりの太っちょさんだわ。ふふ、私の男性バージョンね！

じっと見てしまったせいか、彼は私の存在に気づいてむせ始めた。

「んぐっ!?　……ンッゲホゲホ!!」

慌てて私は彼に水を渡して、落ち着かせる。

「――ふー、ありがとうっ！　君は命の恩人だね」

丸々したオレンジ髪の少年はニコニコとお礼を言ってくれた。彼はお肉を大切そうにお皿に載せて、私に挨拶《あいさつ》をする。

「命の恩人の君に名乗らないとだね。僕は隣国のテレサ国の王子ヘンリーです」

私も慌てて挨拶《あいさつ》を返す。

「私のほうが先にヘンリー王子にご挨拶《あいさつ》しなければなりませんのに、申し訳ありません。私はダイアナ・レイモンドですわ。この国へようこそ」

「ダイアナ嬢、先程は水を持ってきてくれてありがとう」

この方はヒロインの腹違いの兄だわ。ということはもしかしてヒロインもいるかしら!?　そう思って聞くと、彼だけこの国へ来たとのこと。ヒロインの情報というか……どんな子か気になるし……お話を聞いてみたいわ!!

私はしばらく彼とお話しすることにした。

「――ダイアナ嬢はダイエットに成功したんだね。凄《すご》いなあー、僕はお肉ばかり食べているから全然だよ」

「私も最初は苦しかったんですが、いつも執事のクラウドが応援してくれたので頑張れました」

ついクラウドの自慢話をしていた私は、そこでハッと気づく。ヒロインのことを聞かなきゃ!!

ヘンリー王子はニコニコ笑っている。

「ダイアナ嬢はその執事君がとても大事なんだね。僕もね婚約者のマロンを自慢をしたいな」

そう言って、ヘンリー王子は大切そうにしまっていた金のロケットの中身を見せてくれた。ロケットには小さな肖像画が入っている。ヘンリー王子の婚約者マロン様とのことだ。

「ふふ、素敵な方ですわね」

少し羨《うらや》ましいわ、私もクラウドの写真入りロケットが欲しいわね。そう考えていた時、声がかかる。

「ヘンリー王子！　ここにいらしたのですねっ」

レイラ様がプルプルと震えながら、こちらにやってきた。

「やあ、レイラ嬢。ダイアナ嬢の友達だったんだね。今、彼女とお話をしていたんだよ」

「ダイアナ様！　貴女《あなた》、ヘンリー王子と何をなさってるの!?　ふん！　私に断りもなく！」

レイラ様は今日もド派手な真っ赤なドレスを着ている。どうやらヘンリー王子とは先に挨拶《あいさつ》をしていたみたいね。

「レイラ様達を見つけられなかったので、ヘンリー王子とお話ししていたのよ。レイラ様も一緒にお話ししましょう」

レイラ様はキッと私を睨《にら》んだ後、ヘンリー王子に一礼をした。

「失礼いたします、ヘンリー王子。私の先程の質問です。ヘンリー王子の妹のアンナ姫に、ラウル王子の婚約者としての話が出ているとのことですが……」

レイラ様ナイスだわ！　私も色々聞きたかったのよ！　ヒロインはアンナという名前なのね!!

「私もヘンリー王子の妹のアンナ姫がどんな方なのか、興味あります」

そう三人で話をしているうちに、ラウルとルクアがやってくる。

「ダイアナ！　ここにいたんだ！　俺ら捜していたんだぜ」

ふふ、なんだか子犬みたいよ、ルクア。

「ダイアナ、今日も素敵だね。……レイラ嬢、君もいたんだ。ヘンリー王子と何を話してたの？」

「隣国の姫様のことですわ！　ラウル王子の婚約者候補と噂《うわさ》されてますもの！」

「あー……そのことね」

ラウルはチラッとヘンリー王子を見る。ヘンリー王子は少し困った顔で話し始めた。

「妹の……アンナは……うーん。とてもいい子だよ」

やっぱりいい子なんだわ！　ヒロインだもの！

ヘンリー王子は続ける。

「アンナは可愛らしくて、国民に愛されている。平民の気持ちがわかる姫だと人気なんだ。とても優しいけど……そうだなぁ。ただ、純粋すぎて人を疑わないのがなあ……」

ヘンリー王子は少し遠い目をした。そこでラウルが、ヘンリー王子に「こんなことを聞くつもりはありませんでしたが、ヘンリー王子。妹のアンナ姫の存在によって貴方の立場が危《あや》ういと聞きました……」と言う。

え!? そういう展開、ゲームであったかしら!?

レイラ様もルクアも真剣に話を聞いていた。

ヒロインは平民の女性と王様の子だ。王様がヒロインの存在を知ってお城に迎え、物語が始まる。

ヘンリー王子は名前しか出てこなかった……なんだか私の知らないことが起きようとしている？

ヘンリー王子はラウルにコクンと頷《うなず》く。

「妹のアンナはきっとそんなこと知らない。ただ彼女の周りがタチが悪いんだよ。一番は……そうだな。彼女の母親。彼女を女王にしようとしてる」

全員、シンと静かになる。

「父上が言ったんだ。『この国にはお前の味方がいない……私とお前の婚約者だけだ。だから、自分の味方を見つけに行け』とね。ラウル王子やダイアナ嬢達には事情を話して大丈夫だと思ったんだよね！ 勘だけどね！ ははっ！」

ヘンリー王子はそう言って笑った。彼はとても賢そうに見える。

それにしても……乙女ゲームにこんな裏話があるとは。ヒロインが選択する道によって誰かが悲しむこともあるのかしら？　もしラウルを選べば間違いなくレイラ様が悲しむ。加えてヘンリー王子の立場が危《あや》ういと聞くと……

「あ！　だからかー!!　ヘンリー王子の周りに変な奴らがウヨウヨといるの」

「……あーこれは……ごめんね」

急に納得した顔で頷《うなず》くルクアと謝るヘンリー王子。ラウルはチラッと周りを見渡して、「あぁ……なるほど……。ここの警備なってないね。後でお仕置きだよ……」と呟《つぶや》く。

ラウルの顔がゲームで見たことがある怒った顔になっているわ。笑顔だけど、どす黒い……そんな顔。

ラウルとルクアが私達を庇《かば》うように立つ。

私でもわかるわ。近くに何人か隠れている。

そこで、ドサッと一人の男が私達の前に倒れた。レイラ様が悲鳴を上げる。

「きゃあああああ!!　なんですの!?　この方！」

倒れた男性の後ろには……涼しげな顔のクラウドが立っていた。

「クラウドっ」

「……ダイアナお嬢様、ここにいましたか」

クラウドは他にも怪しげな人を何人か倒していた模様。怪我はないかしら!?

私は彼に怪我がないかチェックをする。一方彼は、私の顔を見てホッとしたようだった。

クラウドと私のやりとりを眺めていたヘンリー王子が呟《つぶや》く。

「彼がダイアナ嬢の執事なんだね。黒い髪に黒い目……噂《うわさ》に聞いたことあるけど、彼って――」

ラウルが王子にコクンと頷《うなず》いた。

この後、私達を取り囲んでいた怪しい人達はすぐに捕らえられる。特にそれ以降は騒ぎもなく、無事パーティーは幕を閉じた。この件は王と私達の親以外には話さないようにと言われる。

「……クラウド、本当に怪我をしてない？　手に血がっ……手当てしなきゃ！　早く帰りましょう！」

なんだか色々ありすぎて、正直疲れた。ギュッと手を握るとクラウドは優しく微笑《ほほえ》んでくれる。

「クラウドっ、さっきは怖い思いをしたでしょう!?　早く帰って手当てしましょうね」

「……ダイアナお嬢様、落ち着いてください」

「でも……血が……」

「擦《す》り傷《きず》です」

「私がクラウドの言うことを聞かなかったから、こんなことになったんだわ……ごめんなさい」

推しの……クラウドの……綺麗な手がああああ!!　絹の白手袋に血がにじんでいるもの。

私はハンカチを取り出し、クラウドの手を手当てする。

「ダイアナお嬢様に何もなければいいのです……」

クラウドはそう言って頭を撫《な》でてくれた。

キュン……

顔が熱くなる。いつもならクラウドを見つめちゃうのに、私は目を逸《そ》らす。

クラウドはズルイわ。私がお姉さんなのに……なんだか……

なんだか……そうね。推しキャラにいつものキュンとは違う、そう感じたの。

とにかくクラウドに怪我をさせた奴は許せない。頑張って強くなってクラウドを守らなきゃいけないわ！

私はそう決心したのだった。

＊＊＊

「六月九日だわ……」

春が過ぎて、梅雨《つゆ》の時季が来た。

六月九日!! それは推しのクラウドの誕生日よ!!

盛大に祝いたい！ 今年は必ず祝いたい！

なのにクラウドには、「お気持ちだけで充分ですよ」と断られる。何やら誕生日の日の夜に、毎月ボランティアでお世話になっている教会へ行くらしい。これは……少し秘密の匂いがするわね！

「――ダイアナお嬢様、私はこれにて失礼します」

「ええ、今日もありがとう。よい夢を見てちょうだいね……」

一礼して部屋を出ていくクラウド。私は急いでパジャマから身軽なワンピースに着替え、屋敷にいるメイドや執事達、お父様お母様やセイお兄様にバレないように、クラウドが寝泊まりしている建物に向かう。

外へ出ると、クラウドが黒いフードを被り周りを確認してから屋敷の裏口に出たところだった。馬に乗るのではないのかと私は慌てたけど、てくてくと歩いていくので、そのままついていく。

「黒いフードとズボンだと……本当に普通の男の子みたいね……いや、そうね。男の子よね」

いつも執事姿しか見ていないから、新鮮だわ。あぁ……写真撮りたいっ！　貴重な姿だもの！

「よー、クラウド！　お子ちゃまにはこんな時間は遅いだろうよな！」

「……ちっ……うるさい」

「あい変わらず、かわいくねーなああっ」

クラウドが歩いていると、つり目で柄の悪い人が彼に話しかけた。これは……まさか……

「……グ、グレたのかしら？？」

わ、私がいたらない主人なせいで、グレたんだわ!!　私が嫌でグレちゃったんだわ!!　反抗期ね！　反抗期の息子さんにはどう対応していたか、きちんとみんなの意見を聞かなきゃ！　いえ、ダメよ。そんなことを聞いている暇はないわ！

「クッ、クラウドっ！　悪い子になってはダメだわ！」

私は後ろからクラウドをギュッと抱き締め引き止めた。彼のそばにいた青年が驚いて声を上げる。

「おいおい、熱烈なアプローチだな！　あれ？　クラウドこの女の子、お嬢様じゃん！」

クラウドは私の存在に気づき固まった。無理もない。こんな夜にメイドも執事もつけずに一人で来たんだもの。怒られるわね。

「あの……お嬢様……」

「何かしら？」

「後ろから……抱きつくのは……あの……不意打ちというか……」

「あっ、ごめんなさいっ！　苦しかった？」

私はパッとクラウドから離れて、ごめんなさいと謝る。彼は耳まで真っ赤にし、なぜか自分の口を押さえながら話す。

「苦しいわけではありません……ですが少し……その……」

隣にいた青年はクラウドを指さして笑った。

「ぶはっ！　ちょっ！　何、乙女な顔してるんだ、クラウド！　え!?　お前こんなんなの？　グハッ!!　って痛っ！　今おまっ、腹パンしたろ!?」

私は笑っている青年をキッと睨《にら》み、クラウドを庇《かば》う。

「私はダイアナ・レイモンドです。私の執事であるクラウドを悪の道へ引きずり込むのはやめてほしいの！」

すると青年は、慌てて否定した。

「へ!?　いやいやいや、悪の道って違いますよー！　ダイアナお嬢様！　俺もレイモンド家に仕《つか》えてる者で、名前はタラです」

「タラだか、タラコだか、タラちゃんだかわからないけれど、こんな夜中にどこへ行くのかしら？

それに私の家に仕《つか》えてるですって？　私、貴方を見たことないわよ？」

「いや、お嬢様は表の人間しか見てないんでーって、グハッ!!　いった!!　痛い痛い!!　クラウド、無言で足を踏むな！　あー、とりあえず、ダイアナお嬢様も教会行きますか！」

教会へ行くのは本当のようね。チラッとクラウドを見ると、彼もタラさんを睨《にら》んでいる。……迷惑だったのかもしれないわ。もしかしてタラさんと大事な用事だったかもしれない……

「あの、私……ただね、クラウドの……お誕生日をお祝いしたかったのよ……だから……」

すると、クラウドは私の頭を撫《な》でた。

「私ごときのためにありがとうございます。色々とお嬢様には説教をしたいものですが……もう夜ですし、教会へ一緒に行きましょう」

クラウドが私の手をギュッと握ってくれたので、私もギュッと握り返して一緒に歩いた。

タラさんはそんな私達を見てお腹《なか》をかかえて笑っている。

クラウドは彼に「不愉快だ……」と文句を言っていた。ラウルやルクア達への態度とは違うクラウド。ふふ、兄弟みたいね。


――薄暗い森を抜けると教会が見えてくる。私達はその教会の中に入った。

「にーちゃん！　クラウドにーちゃんだ！」

「あータラにーにもいる！」

小さな男の子と女の子が待ってました！　といわんばかりに私達を囲む。

「きれーなおひめさまがいるよー！　クラウドにーちゃんの嫁さんかー!?」

そんな無邪気な言葉には反応に困ったのか、クラウドは固まった。

あらあら、可愛らしい子供達ね。子供達とじゃれあっていると、神父様が挨拶《あいさつ》に来てくれる。

「これはこれは、レイモンド家のダイアナ様ではないですか」

とても優しそうなお爺《じい》ちゃんだ。神父様は子供達に今日は夜遅くまで起きていてもいいよと話す。

隣にいたクラウドが「この子達の誕生日でもあるんです」と教えてくれた。

「お嬢様、自分の本当の誕生日はわかりません。親がいない私のような者は、ここの神父様に六月九日を誕生日と決めてもらったのです」

六月九日は、ここの教会の子達全員の誕生日と決められているとのことだ。

そんなに特別な日に、私がいてもいいのかしら？

「あの、クラウド。私ここに来てよかったのかしら……大切な日なのでしょ？」

「……大切、とは違いますね。誕生日は私にとってどうでもいいことですし……ただ、確かに特別な日ではあります」

クラウドは子供達の様子を見ながら話す。

「六月九日は、レイモンド家にお仕《つか》えした日でもあります。ダイアナお嬢様と初めてお会いした日ですね。……なので特別な日ではあります」

頬っぺたを赤らめながら私に微笑《ほほえ》むクラウドはとても、そう、とっっても可愛かったわ!!　何その微笑《ほほえ》みは！　天使かしら!?

「ふふ、私は貴方を祝いたかったのよ。私の自己満足だけど。お誕生日おめでとう、クラウド。来年も一緒に教会へ来てみんなをお祝いしたいわ」

「そうですね、夜は危ないので昼間に来られるよう手配いたしましょう」

クラウドと笑いあっていると、タラさんが話に入ってくる。

「あのさ、さっきから二人の世界だけどー、俺もいますよー？」

「仲がいいのですなあー」

神父様は優しい眼差《まなざ》しで私達を見つめていた。それは、孫を見つめるような感じね。

私はタラさんのほうへ向き直る。

「あの、タラさん。先程は失礼な態度をとってごめんなさい。貴方を、クラウドを悪の道へ導く悪い方だと……」

「あははは！　気にしないでくださいな！　てか、おれが悪の道!?　悪っていうのは、クラウドじゃ――って痛い!!　おまっ！　また！　お嬢様が見てないところで！　クラウド！」

ふふ、タラさんもいい方ね。それにしても、屋敷の者は一通り覚えているつもりだったのに、私が知らない人達もいたようね。

この後数十分程度だったものの、教会の子供達とささやかな誕生日会をした。

屋敷に戻る頃には真夜中になる。クラウドとタラさんは部屋の前まで私を送ってくれた。

「……お嬢様、今日みたいな無茶な行動はダメですからね」

コツンとおでこを叩《たた》かれたけど、また一つクラウドのことを知れてよかったなあと私は思った。

「ふふ、でも私はクラウドと一緒に誕生日ができて嬉しかったわ」

そう彼に微笑《ほほえ》むと、クラウドはまた固まる。隣にいたタラさんは「あー、ハイハイ！　なるほどね！　そりゃ王子達もクラウドも、入れ込むわけだな！」と一人で納得していた。

「おやすみなさい」

そう挨拶《あいさつ》をした私は、すぐベッドに入り深い眠りについたのだった。

＊＊＊

「ごじゅう……っいち！　ごじゅぅぅうにっ！　ハアハア……胸が……やっぱり邪魔ね……」

最近また太り始めたようなので、私はこれまで以上に運動をするようになっていた。

やっぱり朝早く起きて運動をするのは素敵ね！　前世ではギリギリまで寝ていたもの。若いって素晴らしい！

「ダイアナお嬢様、そろそろ朝食の時間です」

「あら、もうそんな時間？　わかったわ」

今日も推しのクラウドはビシッと決まっている。

朝食は温野菜と玉ねぎスープにライ麦パンだった。汗を流した後のご飯はおいしいわ。でも、一緒に朝食を食べているセイお兄様は小食だ。コーヒーとライ麦パンだけなんて大丈夫かしら？

「ダイアナ、もう準備したか？　今日は女学院の方がウチの学園を見学すると聞いたけど」

「ええ、ラウルから聞いているわ。クリーム女学院の生徒よね。放課後に劇を観てもらう予定よ。小等部で一緒だった子も何人か来るから、会えるのが楽しみだわ」

「劇か。ダイアナも手伝うんだっけ」

「ええ。ラウルと生徒会の人達が人手が足りないというので、ルクアと私も手伝うことにしたのよ」

クリーム女学院はトルテ学園からは離れた街にある音楽学校。音楽やダンスなどの芸術と女性としての教養を学べる場所ね。

最初は私もお父様達にそこをすすめられていたけれど、あそこは寮制で女性しか入れない。クラウドと一緒にいたくてやめたのよね。


学園へ向かうと、ラウルが女生徒達に囲まれていた。やはりメインヒーローだと改めて思う。

ラウルが私に気づき、手を振る。それで女生徒達は私に気づき、なぜかキャッ☆と嬉しそうにその場を離れていった……不思議だわ。

「おはよう。ダイアナは今日も素敵だよ」

「ふふ、おはよう。そういうお世辞はいらないわよ。そろそろ女学院の方がお見えになるのよね？」

「うん、生徒会長の僕が迎えに行かないとね。ダイアナがいてくれて助かった。生徒会へ来てほしいよ、本当に」

「ふふ、友人のためだもの。だけど……私が助けるのは今回だけよ」

ひょこと現れたルクアも元気よく挨拶《あいさつ》してくれる。私達が今日どんな方が来るのかと話していると、女生徒達の黄色い声援が聞こえてきた。

「きゃあああ!! スミレ様よ! 優雅だわ! かっこいいわ!」

「なんて凛々《りり》しいのかしら! この前の劇を観た時は、ハマりましたわ!」

白い制服に身を包み髪を一つに結んだ、モデルのような女の子が歩いている。彼女が一歩進むと同じ制服を着ている子達が薔薇《ばら》の花びらをヒラヒラと撒《ま》いて道を作っていった。

「いや、なんだ。アレ。なんか派手な登場だよな?」

ルクアは少し引いている。

「クリーム女学院の生徒会長、ジョアンナさんだよ。スミレと呼ばれているみたいだね」

ジョアンナさんは私達の存在に気づき、優雅な仕事で一礼した。

「クリーム女学院生徒会長のスミレです。ラウル王子、迎えてくださり、ありがとうございます」

ジョアンナさんは私を見て一瞬驚いた顔をしたものの、ニッコリと微笑《ほほえ》んでくれる。

「ジョアンナ嬢と他の方には、まず我々の学園案内を――」

そうラウルが案内をしようとした時、「スミレ様はスミレ様ですわ! ラウル王子、お間違いにならないでくださいませ!」と脇からワーワーと女生徒達が抗議した。

とても名前にこだわりがあるようね。ならば、スミレ様と呼んだほうがよいわね。

スミレ様は女子生徒に「貴女《あなた》達、レディが声を荒らげてはいけないわ。それに……私はラウル王子の婚約者候補の一人です。ラウル王子になら、どう呼ばれても嬉しいですわ」とたしなめる。

ラウルにそっと寄り添いつつ、私にフフンと勝ち誇った顔を見せるスミレ様。お似合いですよとか言ってほしいのかしら？　でもそんなにラウルに近づくと――

「まあ！　ジョアンナ様！　貴女《あなた》またラウル王子にベタベタしすぎですわよ！」

ほら、レイラ様が現れた！　二人共面識があるみたいで、睨《にら》みあいを始める。

ラウルは淡々と、「後の案内はレイラ嬢に任せるよ。彼女も生徒会員だし。放課後はクリーム女学院生徒への歓迎の催し物として劇をするんだ。その準備をしないといけない。頼んだよ」と言う。

「え!?　待ってくださいませ！　ラウル王子っ!!」

その後レイラ様は嫌味を言いながら、スミレ様に学園を案内したそうだ。

さて、私はというと……

「まあ！　ダイアナ様っ！　素敵だわ！　傑作です！」

放課後、頬を赤らめながら褒《ほ》めてくれるカナリア様。

「私もこんな美少年、見たことないですわ。ラウル王子以上かもしれませんわねぇ。男の子の格好、似合いすぎます」

モア様は服を着るのを手伝ってくれる。

そうです、私は今、男性姿です。実はクリーム女学院の生徒さん達に我が学園の劇を見てもらおうとしているのだ。この国の歴史の劇ね。

主役は勿論《もちろん》ラウルだけど、敵対する役が決まらず困っていたため、私とルクアが参加することになったのよね。

外で控えているクラウドの感想を聞きたくて、私は彼のもとへ行く。クラウドは一瞬、驚いた顔をしたがニコッと笑う。

「ダイアナお嬢様はなんでもお似合いですね」

ラウルとルクア、セイお兄様も様子を見に来た。

「ダイアナ、うん……なんだろう似合いすぎてる。予想外だったかも」

「髪型や、服装でこんなにも化けるんだな！　すっごいな！」

「男から見てもカッコいいな、いや女性にこんなこと言ってはダメだよな、すまない」

あまりにもみんな褒《ほ》めてくれるから、照れちゃうわね。

「ふふ。なら、これから男装で過ごそうかしら」

それはダメだとみんなに一斉に言われた。冗談なのに。

よし！　今から私は男性よ！　役になりきらなくちゃね！

そうして舞台へ向かうと、何やらレイラ様とスミレ様が争っていた。スミレ様がレイラ様を嘲《ちょう》笑《しょう》する。

「レイラ様はラウル王子に嫌われ、避けられてるじゃありませんか。私から見てもわかりますわ」

顔を真っ赤にしたレイラ様は、いつものように言い返しはせずプルプルと震えた。スミレ様の家も位《くらい》が高いため、周りの令嬢はオロオロしている。

私の隣にいたラウルは黙ってその話を聞いていたが、一瞬スミレ様を睨《にら》む。

「………僕が間に入るよ」

「ラウル、ダメよ。私が行くわ。女性達のいざこざに男性が入ってはいけないわ」

「え？　いや、おい？　ダイアナ！」

ルクアは止めてきたし、セイお兄様もカナリア様やモア様も私が行かないほうがいいと言う。

そのうち、レイラ様にチクチクと嫌味を言っていたスミレ様が、「それでは今日の案内ありがとうございます。私はラウル王子のほうへ――」としめくくった。

そして、くるりと振り返ったところで小石につまずく。転びそうになったところに、私はすかさず手を差し伸べた。

「スミレ様、大丈夫ですか？」

ニコッと彼女に微笑《ほほえ》みかけ、これを機に仲裁に入ろうとする。ところがスミレ様は、私を見て顔を真っ赤にした。

「えっ……あの!?　え、あ、貴方様は……あ、あ、あの、申し訳ございません。私用があるので失礼しますわ。助けてくれたお礼は……あのまた今度……」

あら？　睨《にら》んでこない。もう敵意むき出しじゃないみたいね！　よかったわ！

スミレ様は、そそくさとどこかに消えた。そばにいたレイラ様は私を見て怪訝《けげん》な顔をする。

「……貴女《あなた》、似合わなくてよ」

レイラ様だけは私の男装姿を気に入らなかったようね。

その後、無事劇は開幕する。スミレ様や女学院の皆さんに喜んでもらえ、大成功となったわ！

陰で見守ってくれたクラウドによかったですと言ってもらえたのが一番嬉しいわね！　あ、それとスミレ様が私に沢山《たくさん》の薔薇《ばら》の花束をくださったわ。なぜかしら？？？

次の日。ラウルが困った顔で呟《つぶや》いた。

「……ジョアンナ嬢がさ、僕の婚約者候補を降りるらしいよ」

あら？　そうなの？　昨日まではラウルに好意を持っていたようだったのに……

隣にいたルクアがため息をつく。

「なんでも、真実の愛に目覚めたんだとさ」

「ふふ、素敵ね」

するとセイお兄様が呆れた顔になる。

「……他人事のようだな」

教室では、レイラ様が上機嫌だった。

「ダイアナ様！　よくやったわ！　今回は褒《ほ》めてあげる！　おほほ！」

よくわからないけれど、少しはレイラ様と和解できたってことなら嬉しいわよね！

＊＊＊

――あの劇での男役がダイアナだと知った女学院生徒達によって密かにダイアナのファンクラブが作られたのを本人は知らない。勿論《もちろん》、会長はスミレだ。

クラウドはため息をついて「……また増えた……」と呟《つぶや》いたらしい。

＊　＊　＊

夏休みに入った。セイお兄様は三日ほど自分の部屋にこもっている。

「セイお兄様……また何か怪しい研究をしているわ」

お兄様の悪い癖だ。研究となると周りが見えなくなる。

「あの、私もセイ様と同じ薬草研究部ですけど本当にセイ様は凄《すご》いんですのよ！　みんなに天才だと言われてますの！　いつも頑張って研究をしている姿がそれはとても美しくて――」

カナリア様は頬を赤らめてセイお兄様を褒《ほ》めまくった。もしかしてカナリア様はセイお兄様を慕ってるのかしら……？　というか、絶対そうよね。

今日はカナリア様とモア様が遊びに来てくれているのだ。二人と一緒にお茶を飲んでいた時、セイお兄様が少しやつれた顔でやってきた。

「はぁはぁ……ダイアナ、できたぞ！」

笑顔で何か小瓶のようなものを掲《かか》げる。

そばにいたクラウドは、無言でセイお兄様に向けてスプレーをかけていた。

「ぷは！　おい！　クラウド！　消臭スプレーかけるな」

「ダイアナお嬢様達の前で汚らしい格好だったので、つい……申し訳ありません」

「いや、絶対悪いと思ってないだろ……そんなことよりダイアナ、美容にいいサプリを作ったんだ」

「セイお兄様が作ったの？　凄《すご》いわっ！」

薬草学だけではなく、他の様々な分野に精通しているセイお兄様。そういえばゲームではヒロインに美容アイテムとやらを渡していたわね。

「肌を綺麗にしてくれるサプリだ。これは原液だがな、問題はない」

それはとてもいいサプリだわ！　私はセイお兄様が持っていた小瓶を飲もうとする。ところがなぜか、カナリア様が焦って止めてきた。

「あ、あの！　こういうのは……まずセイ様からですわ！」

「カナリア嬢、来ていたんだな。そうか、確かに俺からがいいだろう」

そう言って、コクンと飲むセイお兄様。隣にいたクラウドにもすすめた。

「よし、特に異常はないな。一応クラウドも飲んでくれ」

「……は？　なぜ飲まなきゃいけないん——」

クラウドが口を開けた瞬間に、セイお兄様はすかさず小瓶の液体を注ぎ入れる。

「よし、大丈夫だな」

「……ちっ……何がよしだ……」

ちょうどその時、ラウルとルクアも遊びに来てくれた。

「やあ、遊びに来たけど……何、してるの？」

「夏休みの宿題一緒にやろーぜ！　ってセイ、何してんだよ？　クラウドも殺気ばりばり……」

セイお兄様は疲れているのかしら？　いつもならラウル達には行かないのに、今日は自分が作った薬を飲めとすすめている。ラウルは怪しげなその小瓶を持った。

「ねぇ、毒だったら、君、死刑だよ」

隣にいたルクアは、疑いもせず飲んだ。

「甘くて美味《おい》しいぞ！　ほら、ラウル！　飲んでみろよ」

「え？　いらな――」

ラウルの口にルクアが小瓶の中身を入れる。シン……とみんなが静まり返った。

「ふふふ、セイお兄様も研究となると結構強引なのね」

私がカナリア様とモア様にそう話しかけた時、二人は私の後ろを指さして固まる。

「……カナリア様？　モア様？」

「ダ、ダイアナ様……あの……うしろ……ラ、ラウル様や、ルクア様が……」

「……やっぱりまたこんなことになるのですわね……」

え？？　何かしら？　カナリア様の「また」ってどういうこと？　何かあったの？　そう考えて振り返ると――

とっても小さな小さな三歳、四歳くらいの四人の男の子達がいた。

金髪の小さな男の子はプルプルと泣きそうな顔をする。

「……ふぇ……レイは？　いないの？　かくれんぼして、どこかにポーンといったの？」

金髪は……ラウル？　レイって誰かしら？

一方、赤い髪の男の子は、周りを見てニコニコした。

「おばけたいじだよ！　ぶわーっておばけなの！　ぶわーっだって！」

赤髪は……ルクア、よね。

私達が食べていた野菜クッキーを欲しそうにする青い髪の子は、セイお兄様だわ。

「あのね、ぼくね、すきなの。クッキー。食べていーでしゅか？」

「はう！　セイ様!!　可愛いですわ！」とカナリア様が大興奮する。

「カナリア様、落ち着いてください」

どんな状況になっても冷静なのが令嬢ってものですもの。あら？　クラウドは？

チラッと見回すと、部屋の隅っこに黒髪の小さな男の子が、ぽつんと体育座りをしていた。

「ク、クラウド!?　ちょ、かかかかか、可愛い!!」

「カナリア様もダイアナ様も落ち着いてくださいな」

いやいやいやクラウドきゅんがすっごい小さいのよ!?　可愛らしいのよ!?　ショタ以前の姿よ!?　落ち着けるわけないじゃない！

小さなクラウドきゅん――いえクラウドは、無表情で一度私を見て、プイとそっぽ向く。可愛い!!

その時、部屋の外からレイラ様の声が聞こえ、バンとドアが開いた。

「ダイアナ様！　ラウル王子がまた貴女《あなた》のところへ遊びに行っていると聞きましたわ!!　一体どう

いうことかしら⁉　正式な婚約者でもないのにっ！　ダイアナ様はいつもいつもー………ん？」

小さなルクアはレイラ様を見て、キャッキャッしながら「こあーいー！　たいじしなきゃあ」と彼女のドレスの裾《すそ》をぺちぺち叩《たた》く。

レイラ様は状況が呑み込めず固まった。無理もないわね。

小さなラウルはレイラ様をジーッと見て、すぐにぱぁあと明るい笑顔になり、トテトテと走っていく。

「レーイ！　おきくなた？　おきくなたの？　ポンしたの？」

「こ、このお姿は……小さな頃の……え？　ラウル王子⁉」

「レイってレイラ様のことだったんですね」

レイラ様は少し懐かしむような顔で呟《つぶや》く。

「むっ、むかしは……そう呼ばれていたのよっ！」

するとモア様が、冷静な口調で言った。

「あらまあ、性悪王子も昔は清い心をお持ちでしたのね」

モア様、今、普通にラウルをディスりましたわね。

さて、四人は小さくなったままなので急遽《きゅうきょ》メイド達を呼び着替えさせた。

カナリア様はセイお兄様にデレデレしながらクッキーを食べさせてあげる。モア様はやんちゃなルクアの面倒を見ていた。

「ルクア君！　私はあなたの隊長よ。言うことを聞く時はなんと返事するのかしら？」

ルクアは自信満々な顔で「いえっさあー!!　たいちょう！　いえっさぁぁあ!!」と返す。

モア様曰《いわ》く、今のうちに頭が筋肉のルクアを少しでも調教して、剣術部に生かしたいとのこと。

一方、自分にとても懐いてるラウルに、レイラ様は少し涙ぐむ。ラウルはそんなレイラ様を心配していた。

「レイーぽんぽんいたい？　いたいの？　きょうはもうおねむする？」

「ラウル王子……いえ、大丈夫ですわ！」

ふふ、なんだか二人共微笑《ほほえ》ましいわね。

「あら？」

クラウドがいないわ!?　さっきまでいたのに！　必死に捜すと、窓際にちょこんと座っていた。

お、お地蔵様のように動かない。

「クラウド君は何を見ているの？」

私はクラウドの頭を撫《な》で撫《な》でしながら質問する。小さなクラウドは空を指さした。

「お空を見ていたのかしら？」

コクンと頷《うなず》く小さなクラウド。やばいわね……超絶可愛すぎるわ!!

私はクラウドを抱っこして、カナリア様、モア様、レイラ様を呼ぶ。

「この可愛らしい四人は元に戻るのかしら？」

ラウルを抱っこしたレイラ様が焦る。

「ラウル王子のこのお姿……可愛らしいけど国の一大事ではなくて!?　これは一体どういうことか

説明していただきたいわ」

そう、ラウルはこの国の王子。それがこんな姿になってしまった。レイモンド家もピンチね!!

セイお兄様の変な美容液が原因ですもの!!　断罪!?　早くも断罪!?

けれど、カナリア様はデレデレした顔で「あ、大丈夫だと思いますわ！　前もセイ様の薬でこんなことありましたけど、みんな無事でしたもの！」と言う。

「「「みんな!?」」」

それは一体どういうことかしら……

とりあえず、私達は今日一日四人の様子を見ることにした。


「――これあ、ダメなんだよぉ！　おれのなのなあああ！」

「るくあくん、うっしゃいよぉ！　ぼくがとしうえなんだよー！　えらいんでしゅ！　くっきーはぼくのなの！」

「セイがあーあああああ！　とった！　いじわるした！　うああああああんっ！」

小さなルクアは鼻水を垂らして泣き叫び、セイお兄様はハムスターのようにクッキーを頬張っている。現在午後三時。私達は屋敷の庭でみんなにおやつをあげていた。

「ルクアくん、私の分をあげるわ。沢山《たくさん》食べて」

私がクッキーをあげると、ルクアは赤い顔になる。

「ありあとー！　おねーちゃんはおれのおヨメさんに、けっていだねええ!!」

あら、クッキーあげただけでお嫁さん？　可愛らしい冗談ね。

セイお兄様もクッキーをもぐもぐ食べながら私を見つめてニコッと笑う。

「おねーしゃん、きれい。ぼくすき。クッキーのつぎにすきっ！」

「あらあら、ふふ、ありがとう」

カナリア様とモア様も顔をほころばせた。

「やはり小さくなってもダイアナ様にはすぐ懐くんですのねっ」

「小さな子は正直ですわ」

でも、小さなラウルだけはレイラ様にベッタリよ。

「レーイ！　ぼくのぶん、はんぶんこ！　パキンしよ！　はんぶんこね」

「うぅ……ラウル王子っ……可愛らしいですわ！　なんてお優しい！」

そして私の推しのクラウド君は、みんなと離れたところにいる。一人で何やら地面を見つめているわ。私はクラウドに声をかけた。

「クラウド君、今度は何を見ているのかしら？」

しゃがみ込んでいるクラウドは、ジーッと私を見上げる。

「…………ありさん」

「あら、アリさんの行列を見ていたのね。ふふ、素敵ね」

頬を赤らめて頷《うなず》く小さなクラウドに野菜クッキーをあげる。彼はそれをもぐもぐと食べた。ああ、可愛らしく食べている姿が尊いわ!!

小さなクラウドは私の手をギュッと握る。

「……おねえちゃん……あったかゆ」

鼻血出そう。やばいくらいに可愛いわ！　元に戻らなかったら頑張って養いましょう！

でも、そうね。やっぱり小さな子の面倒を見るのは大変よね。世の中のお母様がどれだけ苦労されているのか……

小さな四人はとにかく、走る。食べる。泣く。笑う。目を離した隙にちょこまかと動く。そんな四人を追いかける私達。特にルクアが一番元気だわ！　クラウドが一歩も動いてないのも心配よ！

セイお兄様は草を食べようとするし、ラウルはレイラ様が少しでも離れると大泣きだ。

モア様がルクアを捕まえて汗を垂らす。

「ハァハァハァ……小さくなってもすばしっこいですわっ、しかもこんなに泥だらけ」

私は執事達に、ラウル、ルクア、セイお兄様三人をお風呂に入れるようお願いした。クラウドも一緒に入らせようとしたが、プルプル首を横に振り嫌がったのでやめる。

クラウド達が小さくなって四時間ほどたつ。私達はクタクタ状態。恐るべし、お子ちゃまパワー！

パンツ一枚で走り回るルクアと眠たそうな顔のラウルとセイお兄様。そろそろ、お昼寝の時間かしら？　カナリア様とモア様、レイラ様はそれぞれ寝かしつけを手伝ってくれる。私もクラウドに膝枕をしてあげた。

幸せだわ……推しの、幼いクラウドの寝顔を見るなんて。幸運を一生分使ったかもしれない！

小さなクラウドはとろんとした目になっている。

「………おねーしゃん………しゅき」

「あら、ふふ。ありがとう、クラウド君」

クラウドは可愛らしい天使のような笑みを見せた。

「……おっきいくなったら、ぼくのおよめさん……やくそく」

「……推しにそんなこと言われるなんて、私は幸せね」

クラウドは深い眠りにつき、ラウル、ルクア、セイお兄様も眠る。

カナリア様とモア様はぐったりと疲れており、レイラ様も含めて夕飯を私の屋敷で食べていくことになった。

＊＊＊

——レイモンド家のとある部屋。元に戻ったラウル、ルクア、セイ、クラウドは寄り添いながら寝ていた。始めに、ラウルとルクア、クラウドが同時にパチッと目を覚ます。

「……目を覚まして最初に目が合うのが執事君だなんて、寝覚めが悪いね」

「……それは私も同じです」

ルクアは起き上がり顔を真っ赤にした。

「んなことより！　さ、最悪だ……パンツ一丁で走り回る俺っ……しかもダイアナに、あんな、嫁さんだねとか軽々しく……」

その言葉に、ラウルも急に顔を青ざめさせる。

「最悪なのは僕だよ、レイラ嬢にベッタリと……ダイアナに誤解されちゃうじゃないか」

クラウドは若干放心状態だ。ワタワタしている三人の中、セイだけがまだスヤスヤと幸せそうに寝ていた。三人はイラッとしてセイを起こす。

「こら！　セイ！　お前、何幸せそうに寝てんだよ!?　クッキー馬鹿が！」

「まったくだ。君もう死刑だよ？　僕は王子なのに、何変なの飲ませてるわけ？　起きなよ」

クラウドは無言でセイの頰を何往復もビタビタと強く叩《たた》く。ついにセイは起き上がった。

「痛っ！　何!?　え？　あれ？　え？」

赤く腫《は》れ上がった頰を押さえ、セイは固まる。

そう、この四人は小さくなってしまった時の記憶が残っていた。

セイは顔を真っ赤にする。

「クッキーの次に……ダイアナを好きだなんて……どうしてクッキーが一番なんだよ」

「俺なんてダイアナの前でパンツ一丁で走り回るわ、嫁さんな！　とか恥ずかしい発言した……」

続いてラウルがため息をつく。

「君達はいいよ。僕なんてずっとレイラ嬢にベッタリだったんだよ？　ありえない。ダイアナに誤解されちゃったかもしれないし……」

「『それはお似合いだからいいんじゃ？』」

ぎゃーぎゃーと言い争いを始める三人を無視し、クラウドは頭をかかえる。

こうして、ダイアナ達が楽しく夕食をしていた頃、「「「あぁぁあああああ！　なんてことしたんだよ!?」」」と、彼らは悶《もだ》え続けていたのだった。

＊＊＊

あれから数時間。みんなが元に戻って、私達は一安心した。

ラウルは「違うからね！　僕はダイアナだけだから」とかなんとか必死で言っていたり、ルクアは「俺、別に普段その、パンツ一枚で走り回らねーからな!?　それと、よ、よよよ嫁さんとか言ったりして違うわけじゃないけど、違うからな!?　タイミングが――」と叫んだりしていたが、私は特に気にしていない。みんな可愛かった。

セイお兄様は「すまない。迷惑をかけてしまった。ただ、俺はクッキーが一番ではないからっ！　一番は、俺にとって、その一番は――」と顔を真っ赤にして謝っている。クラウドなんて放心状態で話しかけると固まるし。

「ふふ、みんな可愛らしかったわよ？」

そう言うと、ラウルとルクア、セイお兄様はさらに顔を真っ赤にし「「「か、可愛いと言われたって嬉しくないっ」」」と叫ぶ。

クラウドだけは部屋の隅で「……欲が出たのか……私はなんてことを……」と顔を赤くしたり青

くしたりして、呟《つぶや》いていた。

5

その日、真夜中の二時頃。レイモンド家の執事であるクラウドが腕から血を流し、足元をフラつかせながら屋敷へ戻ってきた。

「クラウドっ！　お前また無茶してっ！　怪我してんだろ？」

同じくレイモンド家に仕《つか》えているタラはクラウドの肩を掴むが、振り払われる。タラは強引にクラウドの手当てを始めた。二人のそばには黒い狼が雄と雌の一匹ずつ、心配そうに寄り添っている。

「……ちっ……うるさい。これくらい平気だ」

タラは痛みを我慢しているクラウドを心配する。

「……俺は……俺らは確かにレイモンド家の旦那さんには感謝してるぜ？　だけどな、忠誠を誓ってるのは、主と思ってるのは、クラウド、お前だけだと忘れるなよ」

タラはクラウドの頭をポンポンと叩《たた》きながら、包帯を巻く。

「あの人の居所がわかってきたし、旦那さんや王様の依頼もある。可愛いお嬢様と離れるの……寂しいな？」

「…………もう手当てはいらない……明日も早いし。寝る」

クラウドはスタスタと執事達の屋敷へ戻る。その後ろ姿を見守るタラと二匹の狼達だった。

＊＊＊

次の日。夏の朝早く。

ほどよく涼しい空気の中、私は推しと散歩していた。最高に贅沢《ぜいたく》ね!!

「――ねえ、クラウド。ヘンリー王子から手紙が来たの。ダイエットを頑張ってるみたいだわ」

「……ヘンリー王子からですか？　……文通をされているのですね。お嬢様からの手紙を貰えるとは羨《うらや》ましい限りです」

「ふふ、クラウドにだったら毎日お手紙書いて送るわよ。沢山《たくさん》伝えたいことがあるもの」

クラウドと私はお互いに笑いあい散歩をした。

ダンスレッスンが終わった頃、ラウルとルクアが遊びに来てくれる。ルクアは私達を見つけると笑顔で「海行こうぜ!!」と誘ってきた。

「え？　海？」

ラウルは夏休みの宿題が先だよと言うが、ルクアはどうしても海へ行きたいと主張する。セイお兄様も海の生物や植物に興味があるということで、私達は急遽《きゅうきょ》ルクアの別荘へ向かうことになった。

「すっげー綺麗な貝殻があるんだ！　プライベートビーチだから誰もいないし、ダイアナに見せたいんだよ」

「ふふ、海なんて久しぶりね。楽しみだわ」

「ダイアナが好きそうな海の幸も沢山《たくさん》あるよ」

「ラウルは何度かルクアの別荘へ遊びに行ったことがあるのね。私も海の幸大好きだわ」

「海藻類は薬効があるものばかりだからなあ」

「セイお兄様、お勉強もいいけれど、ほどほどによ？」

私達四人は馬車の中で海の話で盛り上がる。けれど、外で馬に乗っているクラウドは、なんとなく、朝から調子が悪そう……

別荘地に着くとルクアは「よっしゃああ！　先に泳いでくる！　早く来いよ、待ってるから！」と早速、走り去った。

「ねえダイアナは泳ぎが得意なの？」

「あまり得意ではないわね、私は海を眺めているだけでよいわ」

「んーなら僕もそうしようかな。あ、向こうに見える小さな島には綺麗な貝殻があるみたいだし、後で散歩しに行こうよ」

「そうねぇ、でもそれよりも……ねぇ、クラウド」

私は後ろに控えているクラウドを振り返る。彼はキョトンとした顔をした。キョトン顔も可愛いわね！　ではなくて——

私はクラウドの頰を触る。うん、やっぱり熱いわ……

「すぐに気づかなかった私が悪かったわ……クラウド、具合が悪いのね。熱があるし、顔色がよくないもの。今から帰るとなると遠いし……ルクアの別荘でゆっくり休ませてもらいなさい」

「……いえ……大丈夫です」

そこで突然、ラウルがクラウドの右腕を掴む。

「……っつ！」

一瞬びくとしたクラウドがラウルを睨《にら》みつけた。

「ふぅん？　大丈夫そうではないよね？　特にここが」

「私は別の執事にお医者様を呼んできてと伝えるわ！　クラウドはベッドで安静にしていて」

私はパタパタと人を呼びに行った。

＊　＊　＊

残された二人は睨《にら》みあいを続けていた。

「……ラウル王子……手を離していただけないですか」

「あぁ、ごめんね。平気そうだったから力入れちゃった」

パッと手を離すラウルは、ダイアナの後ろ姿を見つめながらポソッと呟《つぶや》く。

「……黒の一族」

ピクンと、クラウドがラウルの言葉に反応した。

「あんな悪い噂《うわさ》のある一族が、ダイアナの隣にいてはいけないと思うけど、レイモンド家の当主は変わってるね」

「……なぜ貴方が知っているのですか」

「僕の情報網を見くびらないでよ。でも、ダイアナは知っているの？　いや、言えないか」

クラウドはギュッと拳《こぶし》を握り締める。

「……ちっ……うるさい」

そんなクラウドをラウルが笑う。

「はは、口が悪くなってきたね。そっちが素？　君は僕の父上達からも依頼を受けてるんだろう？」

クラウドは黙ってラウルを睨《にら》みつけていた。

＊＊＊

私は、クラウドをベッドで安静にさせた。ラウルやルクアに海で遊ぼうと誘われたものの、明日の朝イチで帰ることにする。

「え!!　明日帰るのかよ!?　来たばっかりじゃん!!　ちぇ、遊びたかったのに、また今度だな！」

「ルクア、せっかく誘ってくれたのにごめんなさい」

「僕と貝殻拾いデートも、お預けみたいだね……」

「ラウルもごめんなさい。また今度、みんなで来ましょう」

「みんな、ね」

「ダイアナが帰るなら俺も帰るよ」

「セイお兄様はゆっくり研究していってちょうだい」

せっかくの夏休みですもの、楽しんでもらいたい。今度はレイラ様達を呼んで遊びましょうと私達は約束をした。

「少し天気も悪くなってきたし、しょうがないよな。とりあえず今日はゆっくりしていけな」

「ルクア、ありがとう」

私はクラウドが心配になり、様子を見に行こうとする。けれど、メイド達に今は眠っていると言われ、引き返した。

「あ、そうだわ！　向こうの小さな島に綺麗な貝殻があると、ラウルが教えてくれてたわね」

私はクラウドのために貝殻を拾おうと決める。一言ラウルに行っておこうと彼の部屋に行った。

ところが、ラウル専属の執事達が沢山《たくさん》の書類をラウルに渡しているのを見てしまう。ラウルは不服な顔をして「はあ、せっかくの夏休みにここで王宮の仕事をやるなんて……」と愚痴をこぼしつつ仕事をしていた。……邪魔をしちゃいけないわね。

続いてルクアを捜すと、彼は真剣な顔で剣術の練習をしていたし、セイお兄様も何やら研究をしているみたい……誰にも貝殻拾いに付き合ってと、お願いできそうにない。

プライベートビーチだし、特に危ないことはなさそうなので、一人で散歩も悪くないわよね。

「私、少し砂浜のほうを歩いてくるわ。一人でも大丈夫よ」

「かしこまりました」

ドア付近にいる執事達に声をかけて外に出る。少し砂浜を歩くと二人用のボートを見つけた。

「海の向こうの小さな島……うん、一人でも大丈夫よね？」

この判断が……そう失敗だったのよ。

私は一人でボートを漕《こ》ぎ、小さな島へ着く。砂浜にはキラキラと綺麗な貝殻が沢山《たくさん》あった。

「宝石みたい、綺麗だわ。ふふ、ちょっとした思い出にみんなの分も集めましょ」

クラウドは紫色でラウルは黄色、ルクアは赤色、セイお兄様は青色の貝殻にする。

ところが、帰ろうとした時、ポツポツと雨が降り始めた。慌ててボートを停めた場所に戻ると、
なんとボートが海に流されている……

「……嘘……」

風は強く、波は高くなり、天気はますます荒れてきた。

ダイアナ・レイモンド！　小さな島にてプチ遭難中!!

＊＊＊

一方、その頃、ダイアナがいないことに気づいたクラウドも荒れていた。

「……この……クソ共がっ」

「ぐはっ……ひっ、あ、悪魔!!」

「お、おい！　執事！　落ち着け！　そいつらをぶん殴ってもダイアナの場所はわからないぜ！」

冷たい目で別荘付きの執事達を殴る彼を、ルクアが必死で止める。

「……君達が僕に王宮の仕事なんて持ち込むから……ねえ、死にたいの？　ねえ」

「ラ、ラウル王子っ！　もも申し訳ございませんでした！」

ラウルは専属執事達の首を掴みながら脅し、そんなラウルはセイが怯《おび》えながらも止めていた。

クラウドはもう一度殴った執事達を見渡す。

「……ここにいる屋敷の執事やメイド達と〝お前ら〟は匂いが違う……吐け。どこにいる」

「匂い？　匂いってなんだよ？」

クラウドの言葉にルクアが首を傾《かし》げる。その時、パタパタと一人のメイドが青い顔で部屋へ入ってきた。

「あ、あの！　先程砂浜でボートを見つけましたっ……中にっ、ダイアナ様の膝掛けがあって……もしかしたら……お一人で向こうの小さな島へ行かれたのでは……!?」

そこでセイが何かに気づく。

「ダイアナならやりかねないが……俺らはレイモンド家だぞ。必ず家の者が陰で見守っているはずなのに、おかしい。そもそもボートなんて用意されてなかったはず」

「してないよ。僕達はボートでなく小さな船で島へ行くつもりだったし。結局、船は海に出してない……なんか……おかしいね……」

「ぐはっ!!」

クラウドは血だらけの執事に更に追い討ちをかけ、問い詰めた。

「目的は？」

血だらけの執事はクラウドに怯《おび》える。

「ラウル王子……の……」

「え？　何？　僕？」

「ラウル王子の……有力な……婚約者候補は消せと……じょ……じょ、……女王様……に」

「……は？」

ラウルは固まり、ルクアが血だらけの執事の胸倉を掴む。

「おい！　なんだそれは⁉　じゃあ、ダイアナだけじゃなくて、もしかしてレイラ嬢も」

ラウルにいつもの余裕ある笑みはなく、無表情で蹴りを入れその頭に足を乗せる。

「あの子に――レイにも何かしたわけ？」

「くっそ！　なんだよ？　ダイアナ一人で散歩に出ただけかと思ってたら、なんなんだっ⁉」

「クラウドもラウルもルクアも落ち着け！」

セイが三人をなだめるものの、一向におさまらない。

「「落ち着いていられるか‼」」

そう叫び声が上がった瞬間、突然屋敷のドアがバーン‼　と開く。

「おほほほ‼　呼ばれて飛び出てレイラですわ‼　私を呼ばないとはどういうことですの⁉　この雨でお気に入りのドレスが汚れてしまいましたわ‼　……あら？　あのおブスは？」

レイラの登場に全員、ポカンとした。

「あー……レイラ嬢は空気壊すのうまいな」

ルクアが感心する中、ラウルはツカツカとレイラのそばに寄り、ジッと彼女を確認する。

「……本当、君を見るとイライラする……」

「え!?　あ、あの、ラ、ラウル王子、申し訳ご、ございませんっ！　あ、あの、私はただ一緒に夏休みを過ごしたくて……」

プルプル震え涙目になるレイラに苛立《いらだ》ちを隠せないラウル。

「いや、さっき、お前レイラ嬢のこと心配してた――」

「ルクアうるさい。って……執事君がいないね」

周りを見渡すと、クラウドの姿がなかった。

「どうやらダイアナを捜しに行ったみたいだね。……はぁ、とにかく近くの兵を呼べ!!　船を出してあの島へ向かう！」

「あ、あの……ラウル王子……一体……」

状況を呑み込めていないレイラに、ラウルは呟《つぶや》く。

「…………れないで」

「え？　あの、何か言い――」

「僕から離れないでと言ったのが聞こえないの？　僕の大事なダイアナを助けにいくんだから、君もとりあえずあまりうろちょろしないで」

「わっ、わかりましたわ！」

クラウド達にボコボコにされた間者らしき者達は拘束され、ラウル達は船を出す準備をした。

＊＊＊

雨が降り出し、ボートは流された。暗いし波も荒れていて、私にはどうしようもない。

「困ったわ……」

雨宿りをしようと周囲を見渡すと、小さな小屋があった。とりあえずそこに避難する。

キィとドアを開けて中へ入ると、ベッドが一つと暖炉、古い感じのテーブルと椅子がある部屋だ。

私はそばに薄いタオルを見つけて濡れた体を拭き始める。

ザーザーとまた雨が強くなった。雷が鳴らないことだけ祈りましょう……

「迷惑かけてしまったわ……みんな私を捜しているわよね……」

そう考えていた時、雨の音に紛《まぎ》れて微《かす》かに誰かの足音が聞こえた。

窓から黒い髪が見えたので、私はタタッと走り出て彼に抱きつく。

「クラウド！　ごめんなさい！　具合が悪いのに私を捜しに来てくれて――」

そう言って見上げると、黒い髪に黒い目……だけど、髪は長く三つ編みにしていて、額《ひたい》に大きな傷痕がある青年だ。

彼は私に少し驚きながらクスッと笑う。

「へぇー、君みたいな可愛い子に抱き締められるなんて光栄だな」

青年はただ笑っているだけなのに、私の背筋はゾワッと凍った。

青年の後ろには大きな……とても大きな狼一匹がいる。

私はバッと離れて、一歩、二歩下がった。

黒い髪と黒い目なんてクラウドしかいないはずなのに、誰⁉　どことなくクラウドに似ているような……

黒い髪の青年は少しずつ私に近寄り、上から下まで観察している。

「ははっ、白いワンピースなんだ。僕は好きだなあ、汚したくなる。君は肌も白いから似合うね。……血で染まる白いワンピースは何よりも美しくてぞくぞくしちゃう」

……ヤバイ奴だわ。わからないけど……一緒にいてはいけない。危険な人物だ。

「貴方一体……」

「い、い、女王様の命令なんだよね、シナリオがくるうからって。ははっ、本当意味わからない。けれどまあ君とは少し楽しんじゃおうかな。その後で殺してあげるよ」

シナリオ？　シナリオって……

「痛っ!!　離して!!」

「んー泣き顔って大好物だよ」

「は、離………」

急に私の手首を強く握る黒髪の青年に私は抵抗する。

「……離せって言ってんだろうが!!　クソガキッ」

あまりの不気味さにキレた私は、太ももに巻き付けていた護身用の短剣を青年に向けた。青年はひょいとそれを避けて「わお。抜くと長くなる短剣って……はは！　面白っ」と口の端を上げる。

剣を向けるとわかる。この人……只者《ただもの》ではないわ。多分私では太刀打《たちう》ちできない。

青年は素早く私の首を掴みニコニコしている。

待って。私、ゲーム開始の前に殺されちゃうの⁉　嫌……苦しい……助けて……

「……ぐすっ、ク、クラウド……」

目をつぶった瞬間、ドガガガと大きな風の音がした。

目を開けると、さっきまで青年の後ろにいた大きな狼が倒れている。その狼の頭の上には――

尊い推しキャラ――血だらけのクラウドが立っていた。

「クラウド！」

ずぶ濡れで血だらけの今にも倒れそうな顔をしているクラウドは、それでも微笑《ほほえ》みかけてくれる。

「……よかった……ご無事でしたか」

私の首から手を離した謎の黒髪青年は、クラウドを見て楽しそうに笑う。

「あはは！　出来損ないのクズと会うの久しぶりだなあー」

「ちっ。クズはお前だろうが」

謎の青年を睨《にら》むクラウドの顔は今まで見たことがないほどに冷たい。ピリピリと殺気を出している。クラウドは彼と知り合いなの……？

黒髪の青年は余裕の表情でクラウドの攻撃をかわす。動きが速くてよく見えないものの、クラウ

ドよりもあの青年が強いのはわかる。

「ハァハァ……っ……ダイアナお嬢様……私から離れないでください」

「クラウド……!!　血が！　傷がっ」

私から黒髪の青年を引き離した後、クラウドは庇《かば》うように前に出た。そんなクラウドの行動に青年は少し驚いた様子で「……へぇー……なるほどなるほど」と頷《うなず》いている。その目はちっとも笑っていなかった。

あんなに激しく降っていた雨は止み、二人は一歩も動かず睨《にら》みあう。

「――おーい!!　ダイアナァァァ!!　クラウドォオ!!　どーこだあ！」

その時、離れた場所からルクアの声が聞こえた。ラウルやセイお兄様の声もだ。

「ダーイーアーナー様！　早く出てきなさいな!!　人様に迷惑かけて、ラウル王子に心配されて！　生意気だわ!!」

え？　レイラ様!?　彼女の声が一番大きいわね。

「んー時間切れだな。残念だよ。バイバイ」

「……ちっ！　待て!!　ジオルド!!　逃げるな！」

「えー？　やだよ。お前殺気バリバリなんだもん。今はまだ遊べないんだよなあー、でも久しぶりの出来損ないの弟に会えてよかったよー！　みんな死んだと思ってたし。あーははは！」

「……っこのっ……クソ兄貴が!!」

「え!?　クラウドのお兄様!?」

思わず私は声を上げる。クラウドは私のほうに振り返り、ばつが悪そうな顔をした。私には知られたくなかったらしい。

そして、その一瞬で、あの黒髪青年――クラウドのお兄様は暗闇の中へ消える。

クラウドにお兄様っていたの⁉　そんな設定、知らないわ！　だって彼は教会の孤児院で育てられた……

……私の知らないことが……何かあるのかしら？

クラウドの背中を見つめる。聞きたいことはあるけれど、クラウドが来てくれたことに安心した私は、その場で気絶してしまった。

薄《うっす》らと覚えているのは、泣きそうな顔で私の名前を呼ぶクラウドだ。

ねぇ、泣かないで。沢山飴《たくさんあめ》っこをあげるわ……大丈夫、少し眠たいだけよ。

……それにしても乙女ゲームにバトルシーンなんて……あったかしら？

目を覚ますと、いつのまにか私は自分の屋敷へ戻っていた。

一日ほど寝ていたみたいね。部屋の外からメイドや執事、お父様達の声が聞こえてくる。

ベッドの横には、心配そうに私を見つめているクラウドがいた。

「おはよう、クラウド。私、沢山《たくさん》寝てしまったみたい。クラウドも……休んでちょうだい」

傷だらけだった体と顔には包帯が巻かれている。一睡も寝ていないようで、とても痛々しい。推しの可愛らしい顔が傷だらけなのを見るのは嫌だわ。

「……ダイアナお嬢様……申し訳ございません……本当に……不甲斐《ふがい》ない私で……」

クラウドは悔しそうに俯《うつむ》き、ギュッと拳《こぶし》を握り締めていた。クラウドは悪くないし、落ち込む必要なんてどこにもないのに。

「貴方をこんなにもボロボロにしてしまった。……貴方の主として、守ってあげられなかったわ」

私はクラウドの頭を撫《な》で撫《な》でしてあげる。落ち込む彼は見たくない。私は大丈夫！　元気よ！

「ダイアナお嬢様……私は……」

「――ねえ、色々と不可解なことがあるんだよね」

急に私とクラウドの間にラウルが現れた。少しビックリしちゃったけど、ラウルの目の下にもクマができている。

「ラウル……」

ラウルは私の顔を見て笑顔で言う。

「……うん、元気そうでよかったよ。安心した、ルクアとセイが今色々調べているんだ。また明日一緒にお見舞いに来るよ」

「本当にごめんなさい。……なんだか屋敷の周りも騒がしいわ」

お父様とお母様が様子を見に来てくれたともクラウドに聞いたけど、今は忙しいようでいない。メイドや執事達も慌ただしいし……

「そうだね、いずれ知られちゃうだろうから教えるけど、僕の婚約者候補だった令嬢が何人か消えたんだ。殺されたかもしれない。可愛らしい君と……図太いレイラ嬢くらいかな、無事だったの」

「え!?　それって……」

ラウルはそこでチラッとクラウドを見る。

「……ま、この先を言うか言わないかは自由だけどね？　執事君」

え？　何が？？　どういうことかしら、クラウドが関係あるの？

ラウルはそう言い残して部屋を出る。クラウドは青ざめた顔をしていた。

「……あの、クラウド？　大丈夫？」

「……兄なんです」

「え？」

「お嬢様を襲った、あの男は……私の兄ジオルドです」

クラウドには血の繋がったお兄様がいた。確かにクラウドとあの青年は似ていたわ。

「お嬢様は、なぜこの国では髪と瞳が黒い人間が不吉だと言われているか、知っていましたか？」

え？　不吉？　あれ？　どうしてだったかしら……

「……黒の髪色の者は悪魔と呼ばれております」

「私はクラウドの髪も瞳の色もとても素敵だと思うわ！　悪魔というよりも天使よ！」

元日本人のせいか、私は全然気にならない！　それなら日本人全員、悪魔じゃないかしら!?

自信満々に話す私にクスッと笑うクラウド。ようやく笑ってくれてよかったわ。

「……本当に……貴女《あなた》には敵わないですね、お嬢様」

彼は少し息を整えて、私を真っ直ぐ見て続ける。

「ラウル王子が先程話していたように、行方不明の者がおります……恐らくそれにも私の兄ジオルドと隣国が関わっているかと。兄を見つけ止めないといけません……だから……」

クラウドはいつものように私に優しい眼差《まなざ》しを向け、頭を優しく撫《な》でる。

「……少しの間……ダイアナお嬢様とはお別れです」

いやだ。

「……私が……嫌になっちゃったのかしら」

「違います。これは我が一族の問題なのです……」

一族って何？

「クラウドが行かなきゃいけないのなら、私も一緒に行くわっ。荷物はそんなにないから大丈夫よ！」

けれどクラウドは首を横に振る。

「私はダイアナお嬢様が思っているほど……いい子でありません……」

そんなこと言わないで。

「いい子よ……」

「……私の一族は……〝黒の一族〟と呼ばれる、暗殺一家でした。……私は……多くの命を奪っていたのです。お嬢様が思うような人間ではありません。……この手は汚れております」

「……っ……それでも私はクラウドがとてもよい子だって知ってるわ。汚れてなんかいない……私ね、クラウドが作る人参《にんじん》スープが好きよ、それとクラウドが育てたお花も好き。クラウドの手は温かくて綺麗だわっ」

泣かないように堪えながら必死でクラウドの手を握る。クラウドは黙って……悲しそうに笑った。

「……どうしても……行くのね」

「……はい」

「……て、手紙、た、た、沢山《たくさん》書くわ」

「私もダイアナお嬢様に書きます……」

推しキャラのクラウドは兄ジオルドを追って隣国に行くことになった。国王の命により、ラウル、ルクア、セイお兄様も一緒だ。なんでも、この事件の主犯である女王様が隣国にいるらしい。隣国の王はヘンリー王子のお父様だから男性だ。すなわち「女王様」とは通称なんだろう。その悪事の証拠を調べに行くという。

しばらく彼らと会えなくなる……

その夜、私は子供みたいに一人でわんわんと泣いたのだった。


数日後。この国では若い令嬢達の惨殺事件が世間を騒がせていた。そんな中、ラウル達四人が、ひっそり隣国へ出発する。

「ラウル……気をつけてちょうだいね」

「ま、僕がいれば王子の特権で色々動けるしね。ダイアナと離れ離れになるのは寂しいけど……色々とやらなきゃいけないことができちゃった」

「ルクア……剣術を極めるというけれど、自分の命を守るのも立派な騎士への道だと覚えていてね」

「大丈夫！　俺もっと強くなってダイアナを守れるようになりたいからな」

「セイお兄様、研究に没頭しすぎはよくないからね、元気が一番だもの」

「あぁ、わかってる。だけど、今の俺では妹一人守れないからな……次期レイモンド家当主として自分なりに外に出てくる」

私は三人に声をかけ、この前拾ってきた貝殻を渡す。

「みんな、本当に気をつけてね」

「うん、ありがとうダイアナ。大事にするよ」

「あれ？　クラウドは？　おーい、クラウド!!　もう行くぞお！」

ルクアがクラウドを呼ぼうとしたけど、ラウルが止めた。

「……今回はダメだよ。僕達は先に馬車へ乗っていよう。じゃあまたね、ダイアナ」

ルクアを引っ張り、ラウルとセイお兄様は馬車に向かう。

まだ傷は癒《い》えていないのにクラウドは旅立つ。今、彼の隣にはタラさんがいた。彼は元々、黒の一族とやらに仕《つか》えていたそうだ。

「少しばかりクラウドをお預かりしますね。ダイアナお嬢様！」

「ふふ、頼りにしているわね。タラさんも体には気をつけて」

タラさんは私に笑顔でバイバイと手を振り、やはり先に馬に乗る。私はクラウドへ向き直り彼を見つめた。当分会えなくなるんだもの、今のうちに沢山《たくさん》見なきゃ!!　髪も瞳も手足もよ！

ジーッと見ていると、クラウドが頬を赤くする。

「……あの……そんなに見つめないでください」

照れているクラウドは、可愛いわね!!

「だって当分会えなくなるんだもの。それにしても、包帯だらけだわ。大丈夫、痛くない？」

「ミイラみたいですね」

「ミイラ姿のクラウドも可愛いわよ？」

そう褒《ほ》めると、クラウドは少しムッとした顔になった。

「その可愛い、というのは早く卒業したいものですね……」

可愛いものは可愛いからしょうがないのに。

クラウドは左耳につけている黒いピアスを外し、私に渡してくれる。

「……この黒曜石のピアスを貰っていただけますか？」

「これを私に？　ふふ、片方ずつだなんて、お揃いね」

「……全て……全て終わりましたら……ダイアナお嬢様にお伝えしたいことがあります」

「……？　わかったわ。でも本当に無理をしないでね」

クラウドはニコッと笑い、ラウル達のいる馬車へ向かう。私はクラウドの後ろ姿が見えなくなるまでずっと見つめた。

＊＊＊

クラウドを待っていたタラは、ケラケラと笑っていた。

「ははは！　クラウドお前っ、お嬢様に自分のピアスを渡したのか⁉　あの一族の主である証《あかし》の黒曜石のピアスをっ、ぷぷ！　腹いてえ！　お前、おませさんだなあー！」

馬車へ乗り込もうとしたクラウドは、舌打ちしながらタラを睨《にら》む。

「いやあー……クラウドがねえ……ダイアナお嬢様は知ってんのかなあ？　我々一族が自分のピアスを異性に渡す意味……くくっ、戻ってきた時、言ってみようかなあ」

ダイアナと次回会う楽しみができたと、タラはずっと笑っていた。

＊＊＊

あれから数ヶ月後——

クラウドがいない毎日が続いている。寂しさを紛《まぎ》らわせるため、とにかく何かしら食べてしまう私。

そんな中、クラウドから手紙が来た。

〝親愛なるお嬢様へ

お元気でしょうか？　学園でレイラ様と共に生徒会役員をしていると聞きました。やはりダイアナお嬢様は上に立つべき人だと感心しております。私は特に変わりもないですが、お嬢様は日々自分を磨いて更に綺麗になっているのではないでしょうか。会える日を楽しみにしています。

クラウドより〟

「日々自分を磨いて……綺麗……ハッ!!」

私はようやく全身鏡の前に立った。

「…………クラウドに……失望されちゃうわ……！　太っちょダイアナに戻っているんだもの!!」

6

「――お、ダイアナ様だ。やっぱりいいよな！　ダイアナ様も最近、生徒会に入ったんだっけ？仕事が早いって評判だ」

「あーそうそう、レイラ様もラウル王子の後釜として頑張ってるよなあー」

「それにしても、やっぱりダイアナ様は可愛いよな」

「可愛いよな、丸くなったけどな」

「ああ、かなり丸いけどな」

「あら、あの丸々したお姿も癒《いや》しですわ」

……丸い丸いと言われている、現在太っちょに戻ってしまったダイアナ・レイモンドです。

「今日も運動を頑張らないといけないわね……」

クラウドは元気にしているみたいだけど、あまり仕事の内容を教えてくれない。ラウル達とも手紙のやりとりをしているものの、みんな元気にしているとそれだけだ。

「おほほほ！　ラウル王子からお手紙が来たんですのよ！」

「まあ！　ラウル王子からお手紙を貰えるなんて！　レイラ様が一番の婚約者候補なんですわね」

レイラ様はラウル王子から手紙が来たとクラスの子達と話していた。

あの事件……実は私が令嬢を殺したのではないかとの噂《うわさ》が広がっている。学園の生徒達は私を信じてくれているものの、以前のままのダイアナだったら、それも怪しかったかもしれない。

当然、学園の外では私を不審な目で見ている者が多く、いい気分でないことは確か。生徒会へ入ったのはお手伝いもあるけれど、堂々としたほうがよいと思ったからでもある。

「クラウドに会いたいわ……あぁでも痩《や》せないと……クールな令嬢らしくね」

みんな今頃何をしているのかしら……？　ちゃんとご飯食べてるかしら？

そうして、あっという間にクラウド達のいない一年が過ぎた。

「――トルテ学園中等部卒業おめでとうですわ！」

「ダイアナ様の卒業生代表スピーチ、素晴らしかったわ。レイラも生徒会長としてよくやったと思う」

カナリア様とモア様が少し涙目になりながらお祝いの言葉をくれる。

「あら！　私は未来の王妃になるんですもの、当たり前ですわ！　ただ、ダイアナ様が卒業生代表のスピーチをなさるのは納得いきませんわね!!」

レイラ様はいつも通り自信満々ね。

「ふふ、みんな卒業おめでとう」

この一年、とても長いようで短かったわ。ダイエットもして、なんとか体型を戻している。けれど気を抜くとすぐに太るから、これからも体型維持は頑張らないといけないわね！

そこでさっきまで元気だったレイラ様が少しだけ寂しそうに呟《つぶや》く。

「本当は、代表スピーチをラウル王子がするはずだったんですわ……」

「レイラ様……」

でも、春には彼らが帰ってくる。手紙によるとみんな元気そうだ。詳しいことは教えてくれないが、例の事件について隣国で調べられることは全て終わったらしい。あと……三十一日。新しい高等部の制服も準備してある。そして、ゲームが始まるわ!!

「ラウル、ルクア、セイお兄様、……クラウド、他の攻略対象者は高等部からだけど……どのルートをヒロインは選択するのかしら？」

やっぱり王道のラウル？　だとしたら、レイラ様が黙っていないわよね……

「一体どんな子だろう？　可愛らしい子よね、ヒロインですもの。クラウドもメロメロになるのかしら」

私はクラウドに貰った黒曜石のピアスを毎日身につけて大切にしている。でも、彼も私から離れてしまうかもしれない。

いいえ、くよくよ考えてもダメだわ！　こういう時はショッピングよ!!　私はメイドに頼み、新しいワンピースを買いに街へ出た。

メイドと一緒に街を歩く。すると突然、悲鳴が聞こえた。

「――お金を返して!!　それお母さんの薬代なの！」

「うるせー！　落とす奴がわりいんだよ！　ひゃっはー！」

声をするほうに振り向くと、小さな女の子が酔っ払いの大人に絡まれている。……なんとも見苦しい……

「か、かぇして！　ヒック……ふぇ」

「だーかーらー落とした奴が悪っ……って、いて！　誰だ！　俺に買い物袋投げつけた奴！」

「私ですわ。小さな女の子を泣かせるなんて……見苦しい」

酔っ払いの男性は私を睨《にら》みつけた。

「こんのクソ女が!!」

その瞬間、私の前に一人の男性が現れる。髪は緑色でちょっぴり垂れ目、左目の下には泣きボクロがある。この人は――

「こーら！　可愛らしい女性に手を出すとは、紳士がすることじゃないよ♪」

「グハッ！」

男性は簡単に酔っ払いを倒す。そして酔っ払いは、街の自警団にどこかへ連れていかれた。緑色の髪の青年が小さな女の子の頭を撫《な》でる。私に気づくと、ニコニコと笑った。

「君、女の子なのに凄《すご》いね！　ははっ！　そういう子僕は好きだなあー　今暇？　お茶しない？」

「……遠慮するわ」

だって、この青年は――

「え、僕の誘い断るんだ？　残念！　君の名前は？　僕はディール・アーロン！　この国に留学に来るんだけどー、君も同じ歳くらいかな？」

「私はダイアナ・レイモンドですわ」

そう自分の名前を告げると、彼は眉をピクンと動かした。さっきまでの陽気な雰囲気はなくなり、私に敵意をむき出しになる。

「へぇー、そうなんだ。君があの令嬢を殺人しまくった極悪令嬢ね！」

私はただ黙って彼を見つめた。すると彼は「ま、とりあえずまたねー」と言って人混みの中へ消える。

ディール・アーロンは……攻略対象者の一人だ。

ヒロインが姫として迎えられた時に、親身に色々と教えてくれる人。

色気担当で女癖が悪いが、ヒロインと出会い真実の愛を見つけるとかなんとか……あまりディールルートをしていないからわからないけれど、気をつけなきゃいけない。

私はため息をついたのだった。

＊＊＊

「――ねぇこの格好おかしくないかしら？」

「大丈夫、可愛らしいですわよ。それにそろそろラウル王子達が屋敷に着く予定です」

「でも、私また太ってきて……もう少し地味なドレスのほうがお肉が目立たないのでは？」

「お肉というよりはお胸ですのでご安心を！」

いや、本当にキツイのよ？　メイドさん達よ……

今日はラウル、ルクア、セイお兄様に、推しの！　私の推しのクラウドが帰ってくる日だ。

「みんなに早く会いたいわっ」

屋敷の玄関先でウロウロと待っていると、白い馬車がやってくる。馬車から降りてきたのは――

「やあ、可愛いダイアナ。元気にしてた？」

「久しぶりだな！　ダイアナ！」

「ダイアナ元気そうだな」

ラウル、ルクア、セイお兄様だ。三人はこの一年間で背がぐんと伸び、少年から青年になっている。ゲームで見た通りの姿だわ……

「ふふ、みんな元気そうね。おかえりなさい」

でも、クラウドはいないのかしら？？　私がキョロキョロと周りを見渡すとラウルが教えてくれる。

「クラウドは遅れてくるから、今日は帰ってこないよ」

「……そう……」

仕方ないわよね。でも、いつのまにラウルはクラウドを呼び捨てにするようになったのかしら？

いつも執事君と呼んでいたのに、一年で仲良くなったってことねっ。

それにしても、クラウドは何時に帰ってくるかわからないみたい。

大丈夫。早く帰ってきなさい、だなんて言わない。私は我儘《わがまま》ではないわ。

「……そんな可愛い顔を見せられると奪いたくなるんだけどね」

「ラウル、何か言ったかしら？」

「ん？　別に。さて久しぶりの再会だ。楽しいお茶会をしよう」

その後レイラ様、カナリア様、モア様も参加し、お茶会が始まる。一年間どうしていたか、学園生活、生徒会、私が一時期また太っちょになりダイエットしたことなどを話した。

日が暮れて夜になり、私は自分の寝室に戻りベッドへ入る。

「……クラウド……会いたかったわね」

振り返るといつもそばにいてくれたクラウド。貴方の特製人参《にんじん》スープをまた食べたいわ。また一緒にお花も育てたいわ。新しい紅茶のお店を見つけたからそこにも一緒に行きたいわ……

その時、屋敷の外から、執事達の話し声と馬の鳴き声が聞こえた。

もしかして!!

私は階段を下りて外へ向かって走った。

すれ違うメイドや執事達には「お嬢様っ⁉　もう真夜中なのに……そのような格好をしては風邪を引きます」と言われたが、彼が帰ってきたんだと確信したんだもの！

クラウドにもよく怒られたから、ちゃんとカーディガンを羽織《はお》っているわ！　大丈夫！

馬から降りてきたのは、タラさんも含めた数人の男性。狼も二匹ほどいて、黒い服を身にまとっているので、謎の集団みたい。……多分あれが黒の一族と呼ばれている人達。その中に、一際目立っている人物がいた。

サラサラの黒い髪に黒い瞳、背は随分高くなり、少年の面影《おもかげ》はない。大人になったクラウドだ。

私の存在に気づいた彼は目をぱちくりさせる。

「……ダイアナお嬢様」

「クラウド……よね？」

私はおそるおそる彼に近寄り、話しかける。

「……背がとても高くなったわ」

「……はい、高くなりました」

ああ、いつもの優しい笑顔だわ。

「なんだか……クラウドじゃないみたい……」

「私は私です。貴女《あなた》の執事クラウドです」

顔立ちも大人になっている。一年でこんなに成長するものかしら？

「……ふふ……こんなに背が高くなったら頭を撫《な》でてあげられないわね」

むーと少し悩んでいる私を見て、クラウドはクスッと笑い、跪《ひざまず》く。

「これならどうでしょう」

クラウドはやっぱりクラウドのままだわ。私はサラサラした髪を撫《な》でた後、彼と同じ目線になるようにしゃがみ、特製の飴《あめ》っこをあげた。

「ふふ、クラウドのために作ってもらった飴《あめ》っこよ。一年間頑張ったご褒美ね」

「……はい」

漆黒《しっこく》の瞳に吸い込まれそう。目の前に推しがいる。

ゲームで見た完全なクラウド、ヤバいわね！　ドキドキしてきたわ！　なんだか、こっちが恥ずかしい。

ジッと私を見つめるクラウドが優しく私の耳に触れる。

「……えと……クラウド……あの」

どっ、動悸《どうき》が!!　久しぶりに推しの顔を近くで見たものだから、心臓がもたないわ!!

「……ああ、やはりつけてくださったのですね。私が差しあげた黒曜石のピアスを」

クラウドは嬉しそうに微笑《ほほえ》んでくれているけど、なんだろう……今は心臓がっ！　クラウドが！　近くて！　ぁ……もうダメだわ。

クラッと倒れた私を、クラウドが抱きかかえてくれる。私は興奮しすぎて鼻血を出していた。

「ふっ、鼻血ごときで私は死なないわ」

「……とりあえず動かないでくださいね」

クールな令嬢は鼻血なんて出さないのに！　久しぶりの再会が鼻血って……うぅ……

＊＊＊

トルテ学園高等部入学式がついに来たわ！　これからが、乙女ゲーム《イケパラ王子とラブきゅん物語!!》。ヒロインは他国の要人との交流をはかるため、トルテ学園高等部に留学するの！

私は虐《いじ》めないし、目立つ行動は避けるのが一番ね。ところが――

「ケホケホ……」

私は風邪を引いてしまった。レイラ様が高笑いで「あらあら！　無様な姿ね!!　ラウル様との新入生代表スピーチは私が代わることになりましたわ！　恨まないでちょうだいね！」と、わざわざ朝、屋敷に来てなぐさめてくれた。

「ふふ、レイラ様なら頼りになるもの。お願いしますね」

「とっ！　とにかく風邪をうつさないでちょうだい！　それと、私の家からよく効くお薬を持ってきたわ！　ありがたく飲んでちょうだい！」

私は彼女が学園へ向かうのを見送る。ゲームは始まっているのに、私はなぜ風邪!?

「ケホケホ……クラウド……入学式に行かないと……」

クラウドは私のおでこに冷たいタオルをそっと置いて心配そうに見つめる。

「……残念ですが……行けませんね」

「そ、そんなあ……ケホケホッ」

どうして大事な時に風邪を引いてしまったのかしら⁉

……だけど、久しぶりのクラウドと二人っきりの時間だわ。

「ふふ……」

小さく笑うと、クラウドは首を傾《かし》げる。

「どうなさいましたか？　どこか具合の悪いところでも……」

「ふふ、だってクラウドがいるんだもの。嬉しいの」

「……おかしなことを言いますね。私はいつもダイアナお嬢様のそばにいますよ……」

そう言いながら私の髪を優しく撫《な》でてくれるクラウド。

この一年間、私はクラウドロスにかかってたもの‼　今は沢山《たくさん》見ていたいわ！

「ねえ、クラウド……。クラウドの狼さん達と会わせてもらえるかしら」

少し驚いた表情のクラウドは、「…………怖くないのですか？」と聞く。

「クラウドの大事な子達でしょう？　挨拶《あいさつ》しなきゃいけないわ。それにあのモフモフした毛並みが気になるもの」

狼って珍しいのよ！　モフモフしたいわ！　犬派な私は、どうしても彼らに会いたいわ！

クスッと笑ったクラウドは、時間ができたら会わせましょうと約束してくれる。

その後、私は三日ほど学園を休んだ。

「――ついに復活!!」

朝、私は全身鏡の前に立ち、改めて考えた。

もう物語は進んでいる、ヒロインはクラウド以外の攻略対象者全員に会っているはずよね。でも、ラウルやルクア、セイお兄様がお見舞いに来た時に「学園で気になる子ができたかしら？」と質問しても、答えは返ってこない。みんなポカンと黙ってから、ため息をついて「なんで気づかないかな」とポソッと呟《つぶや》く。

きっと、ヒロインが鈍感な子だからだわ……

私は大声で気合を入れる。

「ダイアナ・レイモンドはクールな令嬢！　つつましく控えめに！　モブキャラよ！」

そこで扉が開いた。

「ダイアナお嬢様、そろそろ登校のお時間――」

「……あ、あら……クラウド」

「さあ、行きましょうか。ダイアナお嬢様」

相変わらずスルーね。何事もなかったように振る舞うクラウドは、やはり優秀な執事だわ。

トルテ学園高等部の校舎は中等部より遥かに大きく、お城のような建物だ。他国の貴族や王族が留学してくることが多いのも頷《うなず》ける。

ガヤガヤと賑やかな朝の学園を、私は緊張しながら歩いていた。私はラウル、ルクア、レイラ様達と同じクラス……ということはヒロインのアンナ姫とも一緒ということだ。

「クラウド、新しい制服はどうかしら？」

「はい、とてもお似合いですよ」

「ふふ、ありがとう」

……それにしても……私が通るたびに学園の生徒達が私を見ているような……

気にせず進んでいくと、庭に生徒達が集まって騒いでいた。

「アンナ様！　学園の花を無断でとるなんて、この学園の生徒としては恥ですわよ！」

「……わ、私はただ、教室に飾ったらいいかなと思ってて」

あら、レイラ様!?　と、もしかして……オレンジ色のセミロングで肌は白く可愛らしい女の子——ヒロインのアンナ姫だわ。

「ふん！　これだから庶民生まれはマナーがなっておりませんわ！」

レイラ様、がっつり悪役令嬢らしい台詞《せりふ》を言っているわね。私は後ろに控えているクラウドの様子を見る。

「ひ、酷《ひど》い……」

ヒロインを目の前にして彼はどう思ってるのかしら？　可愛い子だと一目惚《ひとめぼ》れしちゃう、とか？

不安な気持ちでクラウドの顔を見てみると、興味なさそうないつも通りの無表情だ。ああ、彼の肩に鳥が乗っている、その姿、尊い!!　私と目が合うと、ニコッと笑ってくれる。

「あのさーレイラ嬢、アンナ姫が庶民生まれとか関係なくない？　さっきから見てると君のほうがマナーなってないんじゃない？　入学以来、姫に嫌がらせしてるの君だろ？」

以前も会った攻略対象者の一人ディール・アーロンがヒロインを庇《かば》う。

「アンナ様、また言われて可哀想だわ」

「レイラ様も花くらいで……」

周りはヒソヒソとヒロインが可哀想だと囁《ささや》く。レイラ様は涙目でプルプルと震えた。

「私は嫌がらせなどしておりません！　話を変えないでください！　学園の花を無断で採る行為は――」

「レイラ様、そこまでですわ」

私がそう声をかけると、ザザッと生徒達が避けて道が作られる。これじゃあ私が悪の親玉みたいよ!?　いえ、そんなことよりも……

私は一歩前に出て、緊張しながらもレイラ様を庇《かば》う。ヒロインに笑顔で自己紹介した。

「おはようございます。初めてお会いしますわよね？　私はダイアナ・レイモンドですわ」

ヒロインのアンナ姫は突然現れた私に少し驚きつつも笑顔で返す。

「え、あっ！　クラスが一緒のダイアナさんですよね！　とても優秀な方だと聞いてます！　私はアンナです！　よろしくお願いしますね」

やはりヒロインだわ。こんな笑顔を向けられたら、みんなイチコロね。男子生徒は彼女に目が釘付け。もっとも、ディールは私に不快感たっぷりの視線を送ってくる。

さて、今ヒロインが持っているお花の件を解決しなければ。

「失礼、お二人が何やら揉《も》めているのが気になりまして。そのお花は、なぜ採られたのですか？」

ヒロインはレイラ嬢をチラッと見る。

「えと、とても綺麗なお花だから少し分けてもらおうと……教室に飾れば華やかかなと思って……」

「ふふ、そうでしたか。アンナ様のその心遣いはとても素晴らしいとは思いますわ」

「本当⁉　よかったー。とても綺麗なんだもの」

「ですが……それはとても貴重な月花《げっか》という花なのです。育てるのが難しく、今我が学園では枯れないよう丹精込めて育てておりますの」

「えっ、そうだったの⁉　……知らなくて……ごめんなさい……」

しょぼんと落ち込むヒロインを庇《かば》うようにディールが私の前に立つ。

「姫は反省しているだろ？　君も彼女を責めてるわけー？」

彼は私が嫌いみたいね。

「私はただ教えただけで、責めているわけではありませんわ」

「ははっ、冷静だね？　さすが令嬢殺しのダイアナ様！」

彼の一言で、周囲がザワザワし始めた。令嬢殺しって……困ったわね。クラウド達が真犯人の証拠を探しに行ってくれたものの、まだ表に出せるものはないと聞いている。私が「してないわ！」と言っても信じてくれないだろうし。

そう考えていた時、黄色い歓声が聞こえた。多分彼らが来たのね。

「――へえ？　令嬢殺しなんて誰が言いだしたわけ？」

「ダイアナはそんなことしてねーよ！　アホか！」

「妹のダイアナはそんな酷《ひど》いことをしないがな」

ラウルとルクア、セイお兄様だわ。女子生徒達は彼らを見て頬を赤らめる。モテモテね。

その時、ディール・アーロンは急にビクンと青ざめた。どうしたのかしら？

「姫っ、とりあえず教室へ行こう」

「え？　ディー、でも……うん。わかった！　では皆さん、また」

ヒロインのアンナ姫は私――いえ、私の後ろに控えてるクラウドを一瞬見る。けれど、青ざめた顔のディールについて教室へ向かった。

「急にどうしたのかしら？？」

「ダイアナ様！　別に貴女《あなた》に助けられなくても私はうまくかわせたわ！」

「レイラ様。失礼しました。そして、おはようございます」

「まあ、いいわ。教室の場所わからないでしょ？　私が教えてあげてもいいわよ」

ツンとした言い方だけど、相変わらずレイラ様は優しい。以前よりも少しは仲良くなれているし、嬉しいわ。カナリア様とモア様とも合流し、私達は教室に向かう。

私達の後ろをラウル、ルクア、セイお兄様、クラウドがついてきた。

「クラウド、殺気出しすぎだよ」

ラウルが少し離れて歩くクラウドに話しかける。

「……そういう貴方も殺気を出していましたけれどね」

そこでセイがため息をついた。

「さっきの子がヘンリー王子の妹姫か。初めて見た。入学してわずかなのに多くの生徒に慕われてるみたいだな?」

「彼女の周りはレイラ嬢とかをボロカスに言ってるみたいだな! ってラウル何睨《にら》んでんだよ!?俺じゃないからな! 周りだ!」

「まあ、アンナ姫自身は悪い子ではないとヘンリー王子は言っていたけどねぇ。いずれにせよ、ダイアナがよくも悪くも一番目立っているのは間違いない。ね? クラウド」

ラウルはクスッと笑う。

「とにかく令嬢殺し呼ばわりは許せないかな」

その呟《つぶや》きにのみ、クラウドはポソッと返す。

「……そうですね」

そんな四人の男達の会話を、私はまったく聞いていなかった。

＊＊＊

入学式から一週間。さすがというべきかしら、ヒロインは学園のみんなを虜《とりこ》にしていた。

「可愛らしい笑顔で健気《けなげ》に頑張っているアンナ様は素敵だな」

「この前採ってレイラ様に叱《しか》られてしまった花を、積極的に育てているわ。お優しいんですのね!」

常に彼女は友人に囲まれている。そろそろ、攻略対象者達が彼女に興味を持ち始めるはずなのに――

「ダイアナ、留学先で美容にいいとされていた紅茶を持ってきたよ」

爽《さわ》やかな笑顔で紅茶をすすめてくるメインヒーローのラウル。

「あ、ありがとう。美味《おい》しくいただくわ」

「なあ！　ダイアナ！　久しぶりにさ、手合わせしようぜ！」

ニコニコと一緒にお菓子を食べるルクア。

「お前が好きそうな本を留学先で見つけたんだ。よかったら読んでみてくれ」

眼鏡をくいっと直しながら本をくれるセイお兄様。

後ろを振り向くと、推しのクラウドはいつも通り。

そう、本当にいつも通りだわ。攻略対象者達である彼らはアンナ姫に興味ないのかしら!?

「ねえ、ラウル。この間のアンナ様を校舎に案内したイベン――ではなくて、案内で何か感じたことあるかしら？」

そう聞くと、キョトンとした顔のラウルがクスッと笑う。

「義務で案内しただけだし、ヘンリー王子の妹っていう認識で特に何か感じることは……どうして？」

「特に深い意味はないわ。ただ、みんなアンナ様に興味は――」

「「ない」」

みんなは口を揃える。

その後、私は頭を冷やそうと席を立ち、クラウドと一緒に学園のバラ園へ足を運んだ。

そこにはディール・アーロンとアンナ姫もいた。ディールルートに入ったということ？　それにしても早いわよね？

アンナ姫は私の存在に気づき、可愛らしい笑顔で駆け寄ってくる。

「やっぱり！　貴方クラウド君よね!?」

ん？？？　彼女はスッと私の横を通り過ぎて、私の後ろに控えていたクラウドの手を握った。

うっ……可愛らしい。これはまたイチコロだわ!!

私はバッとクラウドの反応を見る。彼は眉をひそめていた。……きっと照れているんだわ！

「失礼ですが……アンナ様とお会いした覚えは……」

「あるわ！　一度だけ！　三年ちょっと前かなぁ、教会で会ったの……覚えてない？　私はクラウド君を覚えてるんだけどなあ」

しょんぼりとするアンナ姫に、ピンと来たのか、クラウドは「あぁ……あの時の」と納得する。

二人は見つめあった。

って！　え!?　いつのまにフラグ立っていたの!?　三年前？　教会!?　もしかしてクラウドがお世話になった教会!?

頭がぐるぐるとしているところに、ラウル達もやってくる。

「ダイアナ、急に立ち上がってどうしたって……あぁ、アンナ姫もいらしたのですか」

ラウルはニコッと優しい営業スマイルモードになった。

ルクアもセイお兄様もアンナ姫にお辞儀をする。アンナ姫はニッコリ可愛らしい笑顔になった。

「今ディールと薔薇《ばら》を見ながら砂糖菓子を食べていたんです！　皆さんもどうですか？」

お菓子をみんなに分けるアンナ姫。彼女の周りでは攻略対象者達が仲良く話をしている。

ああ、ゲームの画面で見た感じ。みんなに愛されているヒロインって、このことなんだわ。クラウドはどんな表情で彼女を見ているの？　振り向けばわかるけど……なんとなく知りたくない。

みんなの様子を見つめている私に、アンナ姫のそばにいたディールが「君まだいたの？」みたいな視線を送ってくる。少し腹が立って、私は彼にベーと舌を出す。

「……私は用事があるので失礼しますね」

そう言ってその場から立ち去った。

＊＊＊

ダイアナが立ち去った後、ラウル達はすぐにダイアナを追いかけた。

「アンナ姫、砂糖菓子をありがとう。僕はこれにて失礼するよ」

「砂糖菓子は太るからなあー、あんまり食べたくないや！　ごめんな！」

「ダイエット中の妹のダイアナの前であまり甘いものは……では」

「え!?　でもでも、せっかく……あ、クラウド君は——ってもう……いなくなっちゃった」

しょんぼりするアンナの頭を撫《な》でるディール。

「みんな忙しいんだよ！　また今度、仲良くなれるさ」

「うん……ねぇディール……」

「ん？　何？　お姫様」

「私ね……クラウド君がとても欲しくなっちゃったなぁ」

少し虚《うつろ》な目で話すアンナに、ディールは困った顔になったのだった。

「……そっか。姫は欲張りな子だね」

＊＊＊

「――ひゃくっ……に……ひゃくぅ……さんっ！　……ゼェゼェ……体力が……子供の頃に比べると……落ちてきた気がするわ……はぁはぁ……」

「ダイアナ様。素振りはこのへんにしましょう。それにしても、高等部でも女の子の剣術部は私一人かと思ってましたが、ダイアナ様が入部してくださるなんて心強いですわ」

「ふふ、体を動かすには最適ですもの」

高等部入学と同時に、私は生徒会を辞めて剣術部へ入った。ルクアとモア様はとても喜んでくれている。

「僕もダイアナと同じ時間を過ごせて嬉しいよ」

なぜかラウルも剣術部へ入った。おかしい……。中等部では隣国に行っちゃうし、高等部では生徒会へ入らず剣術部なんですもの。生徒会はレイラ様が入り、次期生徒会長になるのではないかと囁《ささや》かれている。

そして、肝心のヒロイン、そうアンナ姫は――

「あの、皆さんお疲れ様です！　タオルとアイスティー持ってきました！」

剣術部のマネージャー的な存在になっている。本来、貴族の生徒達には執事やメイドがついているから、マネージャーは必要ない。なのに、「剣は握れなくても、頑張っている皆さんを応援したい」と言い剣術部へ入部。勿論《もちろん》ディール・アーロンもだ。

攻略対象者達とヒロインが剣術部に集まっている。まあ、ラウル達は友達だからいいけれど……悶々《もんもん》としていると、後ろに控えているクラウドに心配された。

「お嬢様、どうされましたか？　最近お疲れのようですが……」

「ふふ、ダイエットを無理しちゃったのかしら大丈夫――」

そこにアンナ姫が話に割り込んでくる。

「ダイアナさんはダイエットしてるんですか⁉　綺麗なのに無理しないほうがいいですよ」

「アンナ様。私は太りやすいの。健康のためにも一番運動がよいかと思って」

「そうなんですか？　私いつもお菓子ばかり食べてるからなあーダイアナ様を見習わないと！」

アンナ様の横にいたディールは私を少し小馬鹿にして、「アンナ姫は誰かさんと違って健康的で太りにくい体質だからねえー」と嫌味を言ってきた。

「…………お嬢様……こいつを排除しますか」

「レディに対して本当に失礼だよね。ディール・アーロンは」

「なんか引っかかる言い方だよなあ！　お前」

ディールを睨《にら》んでいるクラウドとラウル、ルクアに私は首を横に振る。

「みんな、私は何も気にしていないわ」

「ですが……」

「ふふ、大丈夫よ」

少し険悪な雰囲気なのに、さすがはヒロインというべきかしら、明るい声ではしゃぐ。

「ねえ！　そんなことより明日、私の歓迎パーティー開かれるみたいなの。楽しみだわ！　ラウル君、ありがとうね」

「……ええ、まあ貴女《あなた》は一応姫ですからね。僕はそれなりに対応しただけです」

えーと……ラウル？　なんだか顔が、悪役みたいな感じよ。

「……ラウル王子っ、アンナ姫は一応じゃない！　れっきとした姫だっ」

「あぁ、そうだった。ごめんね」

にっこり微笑《ほほえ》み返すラウルにディールは納得してないような顔だ。

ラウルとルクアとクラウド、そしてディールはお互い睨《にら》みあっており、真ん中にいるアンナ様だけが「明日が楽しみですね！」と笑顔である。

アンナ様を取り合うって感じの絵図だけど、何かが違うわね。

「歓迎パーティー……」

ゲームでは、この歓迎パーティーこそ、ルートを決める重要イベントだったんだわ。私はクラウドルートを何十回もしていたから覚えている……。隣国へ来たばかりで心細い主人公は、必ず一番好きな相手を選ぶのだ。

メインヒーローの王子ラウルか。やんちゃな騎士ルクアか。クールな眼鏡優等生セイか。色気ありのプレイボーイのディールか。それとも……悪役令嬢の執事クラウドか。

私は心配でドキドキしていた。

＊　＊　＊

アンナ様の歓迎パーティー当日。私は紫と黒のグラデーションのドレスを着た。

うん、いかにも悪役が着ていそうな感じだけど、クラウドがおすすめするものだから了承してしまったわ！　推しには逆らえないわね！

「やはりダイアナお嬢様は何を着てもお似合いですね」

「ふふ、ありがとう」

クラウドが褒《ほ》めてくれて嬉しい。でも、彼に見つめられると少し顔が熱くなるわね。

髪にはクラウドに貰った髪飾りをつける。セイお兄様とクラウドにエスコートされ、私はいざ王宮へ向かった。

可愛らしいカチューシャをつけて笑顔で私達を待ってくれていたカナリア様と、シンプルで動きやすいドレスを着たモア様。レイラ様は薔薇《ばら》模様の落ち着いた赤いドレスだ。

「おほほ！　今日のためにドレスを新調しましたのよ！　ラウル王子とダンスするんですもの！」

「レイラ様、素敵なドレスですわ」

そう褒《ほ》めると、少し照れてプイッと横を向くレイラ様が可愛いわね。モア様とカナリア様も微笑《ほほえ》ましそうにしている。

「まったくレイラも褒《ほ》められて嬉しいなら嬉しいと言えばいいのに。ダイアナ様ご機嫌よう」

「カナリア様らしい活動的なドレスですね」

「ダイアナ様、いつもとまた違う雰囲気ですね！　殿方達の視線がダイアナ様に集まってますわ」

「ふふ、カナリア様、ご冗談を。あ、ルクア達だわ」

ラウルとルクアが登場し、令嬢達はみんなそちらに釘付けになる。

「あーパーティーとかはもう俺やだわ」

「ルクアは、たまには参加しないといけないわよ」

「ダイアナ、素敵だね」

「ふふ、ラウルありがとう」

しばらくして、会場が更にざわざわし始める。アンナ姫だわ。

淡いピンク色のドレスに、頭にティアラをつけた彼女はとてもお姫様らしく、可愛かった。なのにクラウドはアンナ姫を見ないでラウルと笑顔で話をしている。

「なんで僕が送ったドレスではなく、紫なわけ？　クラウドまた邪魔したね？」

「……あんな趣味の悪いのはやめていただきたいですね」

やがて会場に音楽が流れ始める。心臓がバクバクしてきたわ。彼女は誰の手をとるのかしら……

「ラウル王子は私とダンスですわ！」

レイラ様がウキウキしながらラウルのもとへ行こうとする。どうしようもなく不安でいると、アンナ様が私達のほうへ来た。

「あの、私と踊ってくださいますか？　仲良くなりたくて。へへ」

アンナ姫は可愛らしい笑顔を向けて、ダンスに誘った相手の手を握る。

「え？」

「……っ」

その綺麗な手が握っているのが、ラウルとクラウド二人だった。まさかの……二人!?

「なっ!!　ラウル王子は私とダンスする約束をしてくれたんですのよ!?　それなのに――」

「レイラ様、落ち着いてくださいませ」

「落ち着けませんわ！　あの子図々しいわ!?　って、ヒッ!!　……あ、あ、ダイアナ様、貴女《あなた》こそ落ち着いたらどうかしら？」

レイラ様は何を言っているの。私はクールな令嬢ですもの。落ち着いているわ。悪役にはならないし、クラウドがヒロインを選んだとしても、嫌がらせはしないわ。推しの恋は応援するもの。

けれど、後ろに控えていたルクア、セイ、カナリア、モアもビックリした顔をしている。

それにしても、クラウドの手をギュッと握るヒロイン、アンナ姫……。あぁ、とてもお似合いね。彼女は守ってあげたくなるお姫様、私とは正反対だわ。元は太っちょの悪役令嬢は、どんなに足掻《あが》いてもヒロインに負けてしまうのだ。

「ふふ……私は……少し席を外させていただきますわ」

みんなに一礼をして、私は足早にその場を離れた。クラウドと彼女が楽しそうに踊っている姿なんて見たくない。

「大丈夫、大丈夫よ。私、クラウドが誰を好きだって……クールに応援するもの……」

一人で庭先へ進む。

「ダイアナ様！」

振り向くと……レイラ様だ。私を心配して追いかけてきてくれたみたい。

「このおブスが！　何、逃げてるんですの！　らしくない!!　元々おブスのくせにみっともないわ！」

そこからレイラ様に約十五分ほど説教を食らってしまった。

「……レイラ様は常に前向きなんですね」

そう言うと、彼女は私をキッと睨《にら》む。

「正直、今日の貴女《あなた》を見てザマァみろ！　と思いましたわ！」

「えーと……どうしてかしら？」

「私、貴女《あなた》が本当に嫌いよ！　いつも《うふふ》と笑うだけで、みんなと距離を置いてますもの！

自分は関係ない、頑張ってちょうだいっていう態度だもの！　腹が立ちますわ!!　素直でない貴女《あなた》は、おブスですわ！　……あの黒い執事のこと好きなくせに!!」

ズキンと痛いところを突かれてしまった。認めたくなかったのだ。彼は私の最大最高の推し。ずっと可愛い弟のように思っていたのに……そう……本当は……

涙がポロポロと流れる。シナリオばかり気にして、ダイエットや断罪回避ばかり気にして……

でも本当は……一番気になっていたのは……

「……だって……クラウドはいつか……私から離れちゃうと……お姉さんらしくして……お、推しだから……絶対恋しちゃダメだって、うぅ……」

「私はね！　今日貴女《あなた》が感じていたような気持ちを小等部からずっと感じていたのですわ！　それでも……彼が……わ、私を見てくれなぐでも……に、逃げないで……おいがげで……ぐすっ」

「……うっ」

「……うぅ」

私とレイラ様はお互いグスグスと涙を流して抱きあう。

「うあぁあぁあああん！」

子供みたいに泣き叫ぶ私達をようやく見つけたクラウドとラウルがそばに来た。

「……ダイアナお嬢様……？」

「レイラ……嬢……何泣いて――」

泣いている私達を見てオロオロする二人。久しぶりに見たわね、動揺しているクラウドとラウルは。レイラ様はキッと二人を睨《にら》む。

「ぐすっ……今日、ダイアナ様は私の屋敷でお泊まりいたしますわ‼」

クラウドが心配そうに私のもとにくる。

「……では、私も共に……」

「はあああ⁉　ついてこないでちょうだい！　根暗執事！」

レイラ様はそう言い切った。根暗って……あ、地味にショックみたいね、クラウド。彼女は笑顔のラウルもばっさり切る。

「……僕も君達が心配だから送るよ」

「……偽笑顔になってるわ、ラウル。ついてこないで」

固まるラウルとクラウドを放置する私とレイラ様。その後、モア様とカナリア様も一緒にレイラ様の屋敷へお泊まりすることになった。

クラウドに何も言わず来ちゃったわ。明日帰ったらちゃんとごめんなさいしなきゃいけないわね。

クラウドのことを考えただけで、なんだか心臓がバクバクしてきた。

これは……そうね……私は……

恋をしていたのね。

＊　＊　＊

「——ねえ、ディール！　私、何かおかしなことした!?」

一方その頃。苛立《いらだ》ったアンナがディールを問い詰めていた。彼は困って、笑顔で誤魔化《ごまか》す。

「んー、まあダンスの相手に二人選ぶというのは、よくなかったかもね」

そんなディールを無視して、アンナは鏡で自分の顔を見る。

「……わ、私が平民出身だから……みんな馬鹿にしているの!?」

「そんなことないさ。アンナ姫はいつも可愛らしいお姫様だよ」

「……違うっ！　こんなのじゃない！」

彼女は鏡を壁に投げつける。パリンと割れた鏡を見つめた。

「ヘンリーお兄様も私を邪魔者扱いをするし、お母様は王妃になったことでいい気になり男性達を囲っているわ！　お父様は王位継承権はお前にはないぞなんて、私は何も言ってないのに!!」

「アンナ姫、落ち着いて……」

「……ジオルドを呼んでもらえる？」

「僕はあまり彼が好きじゃないんだけどねぇ……わかったよ。ジオルドをこちらに寄こしてほしいと、手紙を送るよ」

「ジオルドは頼りになるのよ！　出会った時からいつだって楽しいことを思いつく人だった」

ルンルンと笑うアンナの姿を見て、「……いつもジオルドに頼るね……アンナ姫は」と、呟《つぶや》くディールだった。

＊　＊　＊

翌朝。目が覚めた私はレイラ様、カナリア様、モア様にお礼を言って屋敷を出る。そこには――

「……クラウド……」

執事姿のクラウドがビシッと私を待ってくれていた。彼は私に気がついて、優しい笑顔になる。

「おはようございます。お嬢様」

「え、あ、おおおはよう……ございます」

気まずいわね。私っていつもクラウドとどんな話をしていたかしら⁉

「「あ……あの……」」

私とクラウドの声が重なった。

「……えと、クラウドから言ってちょうだい……」

クラウドは真剣な眼差《まなざ》しで私の顔を真っ直ぐ見つめている。

うっ、以前は平気だったのに、いざ好きと自覚をすると緊張してしまうわね。とにかく平常心よ！　平常心！

「反抗期でしょうか？」

「……はい？」

クラウドはもの凄《すご》く真剣な顔で私が遅い反抗期になったのではないか、もしそうだとしても自分は貴女《あなた》の味方ですとか語った。

「……違うわ。クラウド……ごめんなさい。色々と考え事があったの。迷惑をかけて、本当にごめんなさい」

私は平静を装《よそお》い、背伸びをして、いつものようにクラウドの頭を撫《な》でてあげようとする。その時——

「ダイアナおはよう。今日も可愛らしいね」

「え、あら、ラウル⁉　おはよう。凄《すご》いクマができてるわよ」

「うん、大丈夫だから心配しないで。ルクアとセイは先に学園へ行ってるよ」

ラウルは一体どうしたのかしら？　いつもの爽《さわ》やかなオーラはなく、ダークな空気を出している。

「ねえ、クラウド。ラウルは昨日、王子の仕事か何かしていたの？　凄《すご》いクマだわ」

けれど、クラウドはしれっと言い放った。

「あぁ、あれは自業自得ですから、気にしないほうがよいですよ。さあ、学園へ行きましょう」

後ろにいたレイラ様もラウル王子の様子に驚く。

「まあ！　ラウル王子！　凄《すご》いクマですわ！　今疲れがとれるようなお薬を持ってきますわ！」

「……いらないよ」

「でもでも！　凄《すご》いお疲れだわ！　もしや、もしや、あの後、あの姫とお、お、お、踊られてっ、二人っきりの甘い世界になったんですわね！　だからクマができて！」

レイラ様の言葉に、私はすかさずクラウドを見る。そうよ！　まさかクラウドも⁉

「……ク、クラウドも踊ったり……したのかしら？」

するといえ、クラウドはキョトンとする。

「いえ、踊ってませんよ。すぐダイアナお嬢様を捜しにいったので」

「……そ、そう……」

なんか私、嫌な女の子よね。恋人でもないのに妬《や》いて、何もないと聞いてホッとしちゃうなんて。

「……あの……ダンスのお相手はダイアナお嬢様がいいです」

それなのに、少し頬を赤らめながら私に優しい言葉をかけてくれるクラウド。私も照れちゃうわ。

「……ありがとう。凄《すご》く嬉しいわ」

私がクラウドと見つめあうかたわら、レイラ様とラウルは言いあいを続けている。

「だからなんで君にいちいち報告しなきゃならないわけ？」

「やっぱり踊ったんですわね！　彼女を王妃にするんですわね!?」

「だから踊ろうが踊ってなかろうが、レイラ嬢には関係ないだろう！」

「あぁ、やっぱり！　踊ったんですわ！　や、約束したのに!!　私と約束したじゃありませんか！

なのにラウル王子はデレデレと！」

「……っだから踊ってないよ……！」

外に出てきたカナリア様とモア様は「今日も平和ですねぇ。モア様」、「そうね。私達は先に行きましょうか」と言って、先に学園へ向かってしまった。

＊＊＊

「――ダイアナ様！　今日は月祭りですわ！」

「屋台とかもあるんだぜ！　食べ物とか、すっげー楽しみだな！」

「ルクアはそういうのが好きだな。俺は人混みは苦手だから、学園の研究室にいる」

「あ！　な、なら！　私はセイ様にお土産《みやげ》を持ってきますわ！」

「結局、カナリア様はセイお兄様の研究につきっきりじゃない」

「お祭りでは男女交ざっての剣術大会もあるんですのよ？　私はそこへ行ってきますわ」

「モア嬢！　それ本当か⁉　なら俺も行く！　お前、最近腕磨いてるみたいだしな！　ダイアナも行くか⁉」

「ダイアナ様が出たら盛り上がりますわ！」

「モア様、ルクア。私は遠慮するわ」

ふふ、みんなはしゃいでいるわね。それもそのはず、今日は月祭りだ。

《月祭り》――この国では十何年に一度、月が二つになるという、なんとも不思議な現象が起こる。その二つの月を一緒に見てキスをした恋人達は永遠に結ばれるそうだ。なので、みんなそわそわしている。

これはゲームのイベントの一つ。

攻略対象者達とのデートイベントなのだ！　クラウドルートしかやっていない私には、他の人のはどんなデートだったのか思い出せないけれど……

クラウドルートは素敵だったわね。悪役令嬢ダイアナの買い物に付き合うのにうんざりし、黙って抜け出したクラウドと、ヒロインは偶然出会う。賑やかな祭りの中、いつも無表情な彼が見せた優しい笑顔にときめくのよね。そしてクラウドも無邪気なヒロインに癒《いや》されて……うん……やめましょう。なんだか気分が落ち込んできたわ。

ルクアとセイお兄様はカナリア様やモア様と一緒みたいだし、アンナ様と交流はなさそうよね……とするとやはりダンスに誘われた二人、ラウルかクラウドが彼女と過ごすの？

「ダイアナ、星祭りは僕と行かない？　エスコートさせてほしいな」

「ふふ、ラウルは別の方と一緒に行ったほうがよいわよ。貴方は早く姉離れをしなきゃいけないわ」

ラウルはレイラ様と行くべきだわ。お節介かもしれないけれどね。

「何その姉離れって、僕達同い年なのに？」

ラウルがハァとため息をつく。後ろに控えているクラウドが勝ち誇った顔をしたのか、彼は何か言おうとした。その時マスクをしてフラフラ状態のレイラ様が現れる。

「ごぎげんよう……みなざま……ですわ……ゲホゲホッ」

「まあ！　レイラ、貴女《あなた》風邪を引いたの？」

モア様はレイラ様のオデコに手を当て、顔をまっ青にした。

「凄《すご》い熱よ⁉　今日はもう帰ったほうがいいわっ！」

ところが、レイラ様はプルプル震えながら首を横に振る。

「ラウルおうじど……ゲホゲホッ!! まづり……ごいびどの……いぐんですわ」

あぁ……レイラ様、顔色がとてつもなく酷《ひど》いわ。

「レイラ様、凄《すご》い汗ね、クラウド」

「……そうですね」

推しのクラウドは相変わらずクールで、興味なさそうな顔をしている。

「レイラ嬢……どんだけラウルと祭りに行きたいんだよ？」

ルクアは少し呆れた表情になった。ラウルは黙って冷たい声で「僕はレイラ嬢とは行かないよ。先生に用事があるから失礼する。それじゃあみんな、またね」と言い、そそくさと去っていく。瞬時にレイラ様はゼェハァ言いながら彼を追いかけていった。

「追いかけっこ……ね」

「いーんじゃね？ 俺とモア嬢は大会申し込みに行ってくるわ！ 夜はセイ達のところで合流しようぜ！」

「俺の研究室には来るなよ……妹のダイアナはいいけど」

「わかったわ。ルクア、セイお兄様、カナリア様、モア様また後で」

四人が出かけていくのを見送って気づく。

クラウドは……いるわね。

あら、これは二人っきり……よね？ いえ、いつもそうだけど……お、お祭り一緒に行ってくれるかしら。あまり人混みが好きそうではないし……いや、ゲームではヒロインと……あぁ！　でも今目の前にはクラウドがいる。一緒にお祭りに行きたいと言うべきよね!!

頭がぐるぐるしてくる。少女漫画知識しかない元アラサーは、スマートに可愛らしく誘えない!?

「……あの、ダイアナお嬢様は月祭りにご興味があるのですか？」

「いっ、行きたいけど、ただ……」

アンナ様と出会ってしまうんじゃないかと……少し不安なのよね。

「ではお誘いをしても？」

「え？」

「十数年に一度の奇跡の月をダイアナお嬢様と一緒に見たいので……」

手を差し伸べて優しく微笑《ほほえ》みかけるクラウドに、不覚にもドキドキする。今まで何度も同じことをされているのに。心臓がもたないわ。

「……ふふ、クラウドとならどこへでも行きたい」

平気なフリをしつつ、私はそっとクラウドの手を取って、一緒に街へ向かうことにした。

街はとても賑やかで、男女のペアを多く見かける。屋台が沢山《たくさん》並び、大勢の人達が笑いあっていた。

クラウドは私の後ろに控えているのではなく、隣を歩いてくれる。一歩一歩、私の歩調に合わせている彼は、時折私が疲れていないか心配そうに見つめてきた。私が笑うと笑ってくれる。

特に話をしているわけでもない、何か買うわけでもない、ブラブラと楽しそうな人達を眺めながら歩いているだけ。……ふふ、今は幸せの時間を過ごしてるわ。

ところが――

「クラウド君⁉　ダイアナ様！」

嫌な予感が的中する。ああ、やっぱり。

「へへ、さっき見かけて追いかけてきちゃいました！」

「アンナ姫は目がいいねえー。僕なんて全然わからなかったよ」

綿飴《わたあめ》を持っているアンナ様とその隣にはディール様。

「……アンナ様、ごぎげんよう」

「クラウド君！　かぼちゃ飴《あめ》食べる？　美味《おい》しそうよ！」

「結構です」

「ダイアナ様は何か食べないのですか？　美味《おい》しいですよ！　この綿飴《わたあめ》とクレープも！」

アンナ様はクラウドに断られても、ニコニコと私に甘い物をすすめた。

彼女は隣国の姫でもあるから無下にできないわよね。そう思って、彼女からクリームたっぷりのクレープを受けとる。確かにとても美味《おい》しそうだけど、ダイエット中の私としてはコレ、敵だわ！

困ったわね……

「アンナ様。私のダイアナお嬢様は今、食事に十分に気をつけているのでご理解ください」

「いえ、クラウド、私は大丈夫よ。せっかくのお祭りだもの」

アンナ様は私をチラッと見て首を傾《かし》げる。

「ダイアナ様はいつもクラウド君と一緒にいるのね。執事の仕事って大変そう」

「……それはどういう意味かしら？」

「だって自由がないもの！　ご主人様の顔色をうかがって好きなことは何もできないし。ねぇディーもそう思わない？　私もお城でメイドや執事にお世話になってるけど、こんな主従関係のある国はなくしたいなあ。自由が一番よね！」

ずっとアンナ様のそばにいたディール様は何も言わず、ただ彼女に微笑《ほほえ》みかけた。ディール様がまだ私に嫌味を言ってこないのがまた不気味ね。

隣にいるクラウドは機嫌が悪くなってきている。そうだ、かぼちゃ飴《あめ》を買って、後で一緒に食べようかしら。みんなの分も必要だわ。

「せっかくだし、先程のかぼちゃ飴《あめ》だけでも買ってくるわ。クラウド、少し待っててちょうだい」

「でしたら私が買ってきます」

「ふふ、大丈夫よ」

「ダイアナ様がそうするなら私も！」

かぼちゃ飴《あめ》をアンナ様と買いに行くことにした。

それを見つめるクラウドがぼそっと呟《つぶや》く。

「……自由とは、脳内お花畑なお姫様だな……」

それをディールは聞き逃がさない。

「おい、姫を馬鹿にしないでくれる？　執事ごときが」

「入学式で私の殺気に怯《おび》えた腰巾着《こしぎんちゃく》に言われても……」

「な、なんだと!!」

そんな会話は当然、私には聞こえず、戻ってくると二人が睨《にら》みあっていた。

「もーう！　二人共何をしているの？　クラウド君もディールも仲良くしましょ！」

こ、これは……クラウドとディールがアンナ様を挟んで睨《にら》みあっている！　ヒロインを取りあっているのね。

そうしているうちに、薄暗くなり始める。

「ダイアナとクラウドじゃん！」

「ダイアナ様！　ここにいらしたのですね」

声のするほうを見るとルクアとモア様がいた。二人共、剣術大会を楽しみ、そのまま屋台やゲームなどを回っていたとのこと。

「ダイアナはダイエット中だからさ！　モア嬢と食べ物じゃなくてゲームでとった景品あげようぜと話していたんだよ！　見ろよ！　この小さい執事人形！　クラウドに似てね!?」

「ふふっ、可愛いわね。確かにクラウドに似てるかも」

少し不服そうな顔で人形を見つめるクラウド。

「……私の目の位置は左右こんなにも違うでしょうか……」

小さくてヨレヨレで汚れた感じの珍しく黒髪のお人形……でも可愛らしいわ。洗ったら綺麗かも。

後でこっそり貰おうかしら。

「まあ！　ダイアナ様！」

「ダイアナ」

同じくセイお兄様とカナリア様も来た。

「二人共、研究室にいるかと思ってたのに、セイお兄様とカナリア様……凄《すご》い荷物ね」

二人の後ろにいる執事とメイドも大量の荷物を持っている。

「祭り限定で売られる薬草があると聞きつけて、さっき馴染《なじ》みの店に行ってきたんだ」

「人混みが苦手なセイお兄様も研究となると別なのね。カナリア様、兄の買い物に付き合わせてごめんなさい」

「い、いいえ！　私があの、好きでやってるだけで！　あ！　先程、ダイアナ様達と一緒に飲もうと美味《おい》しいローズティーをセイ様と買ってきたんですの。限定品ですから、すぐ売り切れましたわ！　並んだかいがある品物です、後で一緒に飲みましょう！」

可愛らしい薔薇《ばら》の形の瓶を私に見せてくれたカナリア様。みんなで話をしていると――

「うわあーその紅茶の薔薇瓶《ばらびん》、可愛いわね！　私も欲しいわ！」

突然アンナ様が話に入ってきた。戸惑《とまど》うカナリア様はチラッと私に助けを求める顔をする。

「アンナ様、こちらは限定品で、カナリア様達が並んで得たものです。また別の機会を楽しみに――」

「ダイアナ様はいつも意地悪だわっ」

え？　どのへんが、かしら!?　嫌味を言っていたわけじゃないのに!?

固まった私に、モア様が加勢をする。

「今日はレイラがいないので、私が代わりに言わせていただきます。これはカナリア様が買ったものですわ。子供みたいに欲しい欲しいと言うのは、一国の姫君のお言葉とは思えませんわね」

「ひ、酷《ひど》いっ、欲しいだけなのに……」

涙目になるアンナ様を、ディールが「可哀想に、アンナ……」となぐさめる。

かなり目立つ私達……これじゃあ、私がアンナ様を虐《いじ》めてるみたいだわ、どうしましょう。

その時、女性達の黄色い声が聞こえてきた。私達より遥かに目立っている人物——ラウルが護衛を何人か連れて歩いている。

……芸能人みたいね。女性達はみんな彼を見るのに夢中で、さっきまでの痛い視線はなくなった。

ラウルは沢山《たくさん》のフルーツを持ち、周囲に営業用王子スマイルを振りまいている。

「悪徳政治家みたいに見えるのは私だけかしら」

「「大丈夫だ。俺らにもそう見える」」

そうルクアとセイお兄様は言って、モア様とカナリア様もウンウンと頷《うなず》いた。

「やあ、可愛いダイアナ。ここにいたんだね、って、結局みんな君のところに集まってるんだ」

「ラウルは、凄《すご》いフルーツね……貴方、フルーツ好きだったかしら？　りんごやら桃やらあるけど、苦手だったわよね？」

「……この機会に苦手なものを克服したいだけだよ」

「あら？　桃はレイラが好きな果物ですわね」

ひょこっとモア様が私に教えてくれる。つまり、その沢山《たくさん》の果物は……ジッと私が見ると、ラウルはばつの悪そうな顔をした。

みんな同時にラウルを見て「「「……へぇぇぇぇぇー」」」と口に出す。ルクアはお腹《なか》をかかえて笑った。ラウルはそんなルクアを無視し、アンナ様に挨拶《あいさつ》をする。

その時、ギュッと私の手を握るクラウド。そっと優しく囁《ささや》く。

「……ダイアナお嬢様ここから抜け出しましょう」

「え？　あのっ……クラウド⁉」

私とクラウドは人混みの中に走った。

「え⁉　あ！　待ってよ、クラウド君‼　ディール！　彼を追って！」

「うん、わかったよ」

ディールが私達を追いかけようとする。

「あ、手が滑った」

バラバラバラバラ……とラウルが沢山《たくさん》の果物を落とした。ディールはお約束のようにバナナを踏んで、ツルッと滑る。

「ラウル王子様だわ！　まあ！　果物をこんなに！　拾わなくては！」

「私も！」

「私もよ！」

女性達がそこに群がり、ディール様もアンナ様も身動きがとれなくなる。アンナ様は固まった。

「……なっ！　こんな……展開知らなっ……」

「あぁ、落としてしまった果物を拾ってくれる皆さんは、心優しい女性達ですね」

「「きゃー!!」」

王子スマイルに更に女性が殺到し、果物争奪戦が始まる。

「さて、僕は今日はもう帰るよ」

「いや、お前……ワザとだろ？」

「え？　何が？　じゃあね。僕は用事があるし」

「あ、レイラにゆっくり休んでねと伝えてください」

そうモア様が言うと、ラウルはピタッと止まった。

「……なんで行く前提の話になってるの。モア嬢」

まだ桃を沢山《たくさん》持っているラウルの姿にそう見えたんだと誰もが言いたかったが、ラウルは不機嫌なまま去る。ルクアがボソッと呟《つぶや》いた。

「……俺やっぱアイツが一番性格悪い気がする」

「「……同感だ（ですわ）」」

そう頷《うなず》くセイ、カナリア、モアだった。

「――クラウドっ、私走れるわっ、は、早いけれど」

「ダイアナお嬢様の足に傷がついたら大変ですから」

その頃クラウドは、私をかかえて猛スピードで走った。

私達は街から少し離れた丘の上までくる。もうすっかり日は落ちて、街のほうは宝石のようにキラキラと輝いていた。

「あ、見て！　クラウド」

空を見上げると——

月が二つになっている。

とても綺麗だわ……不思議な感じ。

チラッと隣にいるクラウドを見つめると、彼も二つの月を眺めていた。ふふ、黒い瞳が凄《すご》く輝いてるわね。

「……あのお嬢様……」

「……？　何かしら？」

「目を……つぶってもらってもよろしいでしょうか？」

「そ、それは……えと……あの……」

ま、まさか、クラウドは二つの月を見た男女がキ、キ、キスをするという、アレをしようと？　いえ、違うわよね⁉　クラウドも私と同じ気持ち⁉　いやいや、違うわよね！　でも目をつぶるっていうのは……なんだか……

「わ、わかったわ！　ドンと来てちょうだい！」

ドキドキしながら私は目を閉じる。

な、長いわっ……いつまで目をつぶっていたらいいの？

ペロッ。

そうっ、ペロッとされても私は平気…………え？

バッと目を開けると、目の前にはつぶらな金色の瞳の小さな黒いワンチャンがいた。いえ、狼だわ。

「ガウッ！」

「この子は最近生まれたばかりの狼です。早くダイアナお嬢様に会わせたくて連れてきました」

頬を赤らめながら嬉しそうに語るクラウド。

「ダイアナお嬢様？」

首を傾《かし》げながらワンチャンを抱っこするクラウドが尊い。久しぶりに鼻血が出そうだけど、グッと我慢する。

「この狼の子はダイアナお嬢様に何かあれば助けに現れる存在になります」

「ふふ、可愛いっ。念願のモフモフだわっ。じゃあクラウドには今日のご褒美に飴《あめ》っこよ。さっき買ったかぼちゃのものよ、一緒に食べましょう」

「……はい」

クラウドは笑顔で答えてくれて飴《あめ》を食べた。

私とクラウドは小さな狼の名前をどうするか話しあい、丘の上で月を一緒に眺める。

そんな幸せな時間を過ごした。

やっぱり名前は、ハチ公とかがいいかしら？

＊　＊　＊

「ぐすっ……私が悪いの？」
《いいえ、貴女《あなた》は悪くないわ》
「……だって……おかしいもの……！」
《そうね、みんながおかしいの。私達は間違っていないわ》
「私は……ただ……みんなを幸せにしたいだけなのに、なのに……」
《ダイアナ・レイモンドが邪魔ね》
「……じゃ、邪魔じゃないわっ……違うっ……私は……仲良くしたいの！　やめて……」
《正さないと》
「……あの子、勝手なことを……しているから私が正さないと……」
「――アンナ姫？　大丈夫？」
心配そうに部屋に入ってきたディールを、鏡の前に立っていたアンナが睨《にら》む。
「ディーも、私が頭おかしいと思ってるでしょ!!　でも、私は幸せになるって、あの人は言ってくれたわ！」
そんなアンナをディールはただ悲しそうな表情で見つめた。

「……思ってないよ。ただ、前のように優しい君に戻ってほしいだけさ。さあ、もうおやすみ」

ディールはアンナのおでこにキスをして部屋を出ていく。

彼はベランダに行き、二つの月を眺めた。

「――へえー君もロマンチストだね⁉　月を眺めながら浸《ひた》るだなんて」

暗闇の中から、スッと黒髪黒目の青年が現れる。ディールはその青年の顔を見てため息をつく。

「君の弟君に会ったよ。ジオルド」

「可愛いだろ？　俺に似てて」

「君、何を企《たくら》んでるのさ？」

「えー？　楽しいこと……かなあ☆」

パリーン！

その時、アンナの部屋で鏡が割れる音がした。ディールは慌ててアンナのもとへ戻る。先程の全身鏡が割れ、彼女は俯《うつむ》いていた。

「アンナ姫？　なんてことしてるんだよ⁉　怪我をしているじゃないか！」

ディールは血だらけのアンナの右手を見て、慌てて持っているハンカチで止血する。

「…………大丈夫よ。ディール」

アンナはニコッと笑い、自分の頬を触っている。ディールはそこでピタッと手を止めた。

「……あぁ……ようやく、偽者が消えた」

そう呟《つぶや》いたアンナに、一歩下がる。けれど、後ろについてきていたジオルドはニヤリと笑う。

不気味なくらい可愛らしい笑顔でアンナはジオルドのほうを向く。

「ねえ、ジオルドはどんな楽しいことを思いついたの？　聞かせてちょうだい。貴方のゲーム」

「あはは、君は小さい頃から変わってないね☆　よかったよかった！　……おかえり、女王様」

ディールはただ悲しそうにアンナを見つめ、拳《こぶし》を握り締めた。

＊＊＊

「――この子の名前を決めようと思うの」

「ガウッ！」

「うおー！　狼だ！　可愛いな！　クラウドのか⁉　なああ！　俺も触っていーか？」

ふふ、ルクアはわしゃわしゃと頭を撫《な》で、狼と戯《たわむ》れているわ。本日は、家で狼の子のお披露目を兼ねたお茶会だ。ルクアとラウルが遊びに来てくれている。

「僕は何度かクラウドの狼を見てたから今更、いいかな」

ラウルは優雅に紅茶を飲みながらそう言った。何度かクラウドの狼を見てた？　クラウドと隣国に行ってた時かしら？　羨《うらや》ましいわね。

「俺は犬系苦手なんだ……どちらかというと猫がいいな」

セイお兄様は猫ちゃん派なのね。猫は猫で可愛いわよね。

「ダイアナみたいな可愛らしい名前がいいよね、シャルロットとか」

「そうねぇ……この子と出会ったのは月祭りの時だから、その意味のあるものにしたいわ」

お月様……あ!! そうだわ！ 私はすかさずペンを持ち紙に字を書く。

ラウルや、ルクア、セイお兄様、クラウドはなんの字？ という感じで首を傾《かし》げていた。

「ふふ、この子の名前は《ユエ》よ。とある異国の言葉で月という意味なの」

「僕、かなり異国の言葉や文字を知ってるけど、初めて見る字だね？ んー南のジャポン国の文字になんとなく似てる気がするけど……」

さすがラウル、異国の文字をマスターしているとは。でも、これ漢字だもの。わからないわよね。

「ダイアナ独自の文字だな」

月という字がわからないと首を傾《かし》げるセイお兄様。

ルクアだけがすんなり受け入れる。

「いいじゃん！ よーしお前の名前はユエだな！ よしよし！」

「ガウッ！」

私はチラッとクラウドを見た。

「クラウド、どうかしら？ この子の名前はユエよ」

クラウドは私のカップに紅茶を注ぎながら笑顔になる。

「ダイアナお嬢様に名前をつけてもらい、この子は幸せですね。……しかし、ルクアに懐くのが驚きです。お嬢様の場合、私の命令で守りの対象と認識させてるのですが……基本は私にしか従わないよう躾《しつ》けてるのに、不思議ですね」

ルクアは動物に好かれる体質なのかしら？

狼の子の名前は月と書いてユエに決定しました！

＊＊＊

さて、私は今、悩んでいた。クラウドのことを好きだと自覚をしたのはいいけれど……

「ダイアナお嬢様、本日の紅茶はカナリア様から頂いた、人気のローイ店の紅茶です」

「ふふ、ありがとう」

いつも通りだわ。毎日嬉しいくらいにクラウドと過ごす日々。

結局、私は何も動いていない。好きな人には色々アピールするものよね？　なのに私は、ただクラウドが淹《い》れてくれた紅茶を飲んでいるだけ!!

「――で、どうしてそれを私達に相談してくるのかしら!?」

「やはり友人であるレイラ様、カナリア様、モア様に相談するべきかと」

本日は日曜日で、運動がてらモア様と剣術の練習をした後、カナリア様、レイラ様と午後のティータイムを楽しんでいる。

「……ふん！　まあ、ゆ、友人なら仕方ありませんわね！　友人なら！」

なんだか頬を赤らめて嬉しそうに紅茶を飲むレイラ様。隣にいるモア様は「レイラ、嬉しいのね。お友達と言われて」と呟《つぶや》いた。

カナリア様はクッキーをモグモグと美味《おい》しそうに食べながら、少し遠くに控えているクラウドの様子を観察する。

「ダイアナ様達は特に何もしなくていいと思いますわ。お二人はとても仲良しですわっ」

「ふふ、カナリア様ありがとう。でもクラウドはあくまでも私を主として接しているだけよ。むしろ姉だと思われてるかもしれないわ」

真剣に話しているのに、レイラ様は呆れた顔をした。

「はあ!? ダイアナ様! あんなイチャイチャといつも腹が立つくらいお互い見つめあってるなんて、貴女《あなた》達は両思――っもがっ!!」

突然モア様が、五枚のクッキーをレイラ様の口に入れる。

「レイラは少し黙っててちょうだい。ダイアナ様はあの執事が好きだとおっしゃいますが、気分を悪くさせたら申し訳ありません。ダイアナ様は上位の貴族です、家柄があまりにも違いすぎます」

「そうね。私が平民になるしかないわっ」

そう呟《つぶや》くと、彼女はクスクス笑った。

「もう、ダイアナ様ったら……ごめんなさい。意地悪な言い方をしてしまって」

「ふふ、いいのよ。モア様はただ心配してくださっただけですもの」

モア様が言いたいことはよくわかるわ。レイラ様と私の家はかなり位《くらい》の高い家柄、レイモンド家の娘が執事に好意を抱いているなんて、どう見られるか……まずはお父様がどう出るかだ。でも、その前に両思いになれるかどうかのほうが大事だわ! アンナ様が気になるし……

「あら！　私が王妃になれば、執事の一人や二人との恋、認めるわ！」

強気な発言のレイラ様。本当に彼女ならそうしそうで私達は笑った。

「友人としての助言は、ダイアナ様は少しアピールをしたほうがいいですわね。ちなみに、レイラは少しラウル王子を追いかけるのはやめたほうがいいわね」

冷静な口調でモア様が話しているのに、レイラ様は反発する。

「モア！　乙女というものは追いかけるのが一番よ！　私という存在を知ってもらわないと！」

「レイラのことはラウル王子も充分知っているわよ。たまには引いてみるのが駆け引きよ。あ、ダイアナ様は執事との距離をググッと縮めるべきですわね、頑張ってください」

「恋する乙女は猛アピールですわ！」

「今日もなんだか平和ですねぇ～」

モア様、レイラ様、カナリア様に少し勇気を貰う。よく考えると、みんなより私のほうが大人のはず！　前世でアラサーだった知識をふんだんに使わせてもらうわ！

屋敷に戻り、コソッとクラウドの様子を見に行く。クラウドは庭先で業者に指示を出していた。

「では、まず薔薇《ばら》のほうをよろしくお願いします。ええ、それで構いません。執事長には私が報告をしておくので」

ふふ、真剣に仕事を取り組むクラウドはやはり尊いわね。

クラウドは私の視線に気づいたのか、ニコッとこちらへやってくる。

「ダイアナお嬢様、どうなさいましたか？　何か私にご用が？」

よし、スマートにデートに誘うのよ！　大人の余裕を見せて！　冷静にクールに誘うわ！

「……デッ……」

「……で？」

恋する乙女は猛アピールだとレイラ様は言っていた、デートに誘うのよ！

「……デッ、でんでん太鼓って知ってるかしら……」

「申し訳ありませんが、存じ上げません」

違う違う違う！　ダイアナ・レイモンド！　クールな令嬢なのに、何を言ってるのよ！　デートと言うべきなのに！

「あ、あのっ、だからね……私――」

「ガウッ!!」

その時、突然ユエが私に突進してくる。私はクラウドに抱きついて転んでしまった。

「……ダイアナお嬢様大丈夫ですか？」

クラウドが庇《かば》ってくれたから私に問題はないものの、彼を下敷きにしてしまったわ!!

「やだ！　クラウドごめんなさい！　怪我は……」

クラウドと目が合う。現在、顔の距離は十センチほど。

ちょっ！　顔……近いわ!?

カアアアと顔が熱くなる。なんだか私がクラウドを襲っている体勢になってるわ！　クラウドも私が重たくて固まっているもの!!

「よ、よ、用事を思い出したわ。お、お母様を捜してたんだわ」

「…………奥様なら……旦那様の書斎におります」

「そう……あの……庇《かば》ってくれてありがと……それじゃあ」

私は起き上がり、クラウドに挨拶《あいさつ》をして足早に去る。

近くにいたユエは楽しそうに走り回るが、クラウドは固まったまま。

「……危なく……理性が飛ぶとこだった……」

そうポソッと頬を赤らめながらのクラウドの呟《つぶや》きは聞こえなかった。

＊＊＊

「ダイアナお嬢様、久しぶりだな！　今日は我々の相棒達を見に来てくれたんだって？」

「タラさん、お久しぶりです」

さて、今日の午後はクラウドの狼さん達と、もふもふタイム!!　なぜかラウルとルクアもついてきた。セイお兄様は青ざめた顔で、「今回俺はパスっ」と自分の研究室にこもっている。

周りの黒い服装の方達が私に挨拶《あいさつ》してくれた。

「タラ、この方がクラウド様の……？」

「クラウド様は面食いだな」

何かしら？　ヒソヒソ話が始まったわ。タラさんは笑って、クラウドは不機嫌な顔をしている。

ふふ、タラさん達の前のクラウドはまだ少年って感じね。凄《すご》く可愛がられてるのがわかる。

「うおー！　すげ！　でっかい狼がわらわら沢山《たくさん》いる！」

「僕は何度かクラウドと手合わせした時に会ったことがあるから、特になんとも思わないなぁ……

でも、ユエ以外の狼達は凄《すご》い殺気出しているね」

「……今、私達が彼らに殺せと命令すれば動くでしょうね」

「あははは、クラウド、僕がすぐにやられるとでも？」

ラウルとクラウドは楽しそうに話しているわ。男子は男子で気が合うものなのかしら？

「ま、ダイアナお嬢様、俺らはだいたいこの森の向こうにいるから仲良くしてくれなー！　この大きな狼より、まずは小さな狼と仲良く！　だ」

そう言うと、タラさん達は手を振り何十頭の狼を引き連れてスッと消えた。残されたのは雌と雄の大きな狼二匹と私の周りで走りはしゃいでいるユエのみ。大きな狼はクラウドのね。

「ダイアナお嬢様……我々は黒の一族と呼ばれ、狼達を従えて共に生きておりました。この狼達は主である私の命令には絶対服従するよう躾《しつ》けられております」

「凄《すご》いわね、あの……触ってもいいかしら？」

「ダイアナお嬢様は守りの対象なので大丈夫ですよ」

そっと大きな狼に近づくと、確かに狼二匹はジッとしていた。ふふ、ちょっぴり怖いけど、もふもふがたまらないわね。

「さあ、ユエまずは特訓です。私の動きについてくる練習を………」

ユエはクラウドをガン無視をして、お腹《なか》を見せてはゴロゴロしている。そんなユエにクラウドは冷たい声で「誇り高き黒の一族となる狼は他人にお腹《なか》など見せてはいけない」と注意する。

けれど、ユエは鼻で笑うかのように更にゴロゴロし始めた。

「ぷっ。全然クラウドの言うことを聞かない狼だね。ほら、僕のところへおい――」

ガブッ。

笑顔で手を出して噛まれるラウル。

クラウドの言うことを一切聞かないユエを、ラウルとクラウドが見つめる。

「……小さいからって躾《しつ》けがなってないんじゃないの。根暗執事」

「……そのまま食べられるべきだったようですね。腹黒王子」

二人はまた何やら話し込んでいるわ。んーとにかく、念願のもふもふは嬉しいわね。

「よしゃよしゃ!! ユエ! この骨っこを拾ってこい!」

「ガウッ!!」

「くはー! 可愛いな! お前は!」

「……ルクア……ユエは狼です。戦闘用の狼として……」

「クラウド! ユエは将来大物なるって! なあ!」

ルクアの言うことは聞くみたいね? それを見たクラウドは固まってしまう。

「……狼が……犬のように遊んで……」

「えっと……クラウド……?」

何やらショックだったみたい。

一方ラウルは、私にお願いをする。

「ねえ、ダイアナ、僕、手を怪我したから手当てしてくれないかな？」

「ユエにさっきやられたものね。手を貸してちょうだい、今薬を……」

万が一を考えて薬箱を用意していたのよね。手が血だらけなのに、ニコニコしているラウルはおかしいわ。

「ダイアナに手当てしてもらうのってしあわ――」

「行け！　ユエ!!　邪魔をしろ！」

そうルクアが叫ぶと、ユエは猛ダッシュで私とラウルの間に入ってきた。

「ガウ!!」

その時、クラウドがラウルの手を無表情で取る。

「私が手当ていたします。馬鹿王子様」

「……ルクアにクラウド……そしてユエ……いい根性してるよ。僕はダイアナに手当てをしてもらいたいんだよ」

「一国の王子だとすっかり忘れてましたから。ああ、こんなに傷が。大変ですね。……ちっ……立てないほどヤればよかった……」

「聞こえてるよ、クラウド」

「ラウル！　お前は浮気やろうだな！　レイラ嬢が泣くぞ？」

「ルクア、なんでレイラ嬢が出てくるのさ」

クラウドとルクアは「『だから馬鹿王子……』」と呟《つぶや》く。

ユエは楽しそうに私のもとに走り寄った。

「ガウ！」

褒《ほ》めて褒《ほ》めてって感じね。

こういう楽しい日が続けばよいのに。そう願ったのだった。


けれど、次の日学園へ行くと、なんだか周りの視線が痛かった。

「――ほら……やっぱりあの事件って……」

「シッ！　ダイアナ様に聞こえますわ！」

「クラウド……みんなが私を見ているような気がするわ」

「ダイアナお嬢様の美しさに嫉妬《しっと》でもされているのでしょう」

「あ、ありがとう？」

クスッと笑ったクラウドがまたかっこいいというか……前は可愛らしかったのに。

おかげで少し気分がよくなったものの、教室へ入ると、みんなの視線が一気に私に集まる。

グスグスと泣いているアンナ様。怒っているレイラ様とモア様。オロオロしているカナリア様。

……嫌な予感がするわね。

「一体なんの騒ぎかしら？」

私が声をかけると教室の中は一気に静かになった。ただアンナ様の泣き声だけが響き渡る。いつも教室の外で待機しているクラウドは、私の後ろに控えた。

ま、まさか……泣いているヒロインが気になったのかしら!? 恐る恐るクラウドの顔を見ると、ニコッと微笑《ほほえ》むので、違うみたい。

「おはよう、可愛いダイアナ。……一体どうしたのかな」

「なんだ？ 喧嘩《けんか》か？」

「ラウル、ルクア……それが私にもよくわからないのよ……」

ラウルとルクアも教室に入ってくる。アンナ様の周りにいる友人達は一斉に叫んだ。

「ま、まあ！ ダイアナ様！ よくわからないとは！ 私達知ってますわよ!? アンナ様に酷《ひど》い嫌がらせをしていると噂《うわさ》で聞きましたもの！」

ラウルとルクアは「「は？」」と口をポカンと開けた。私も開けてしまったわ。

ぐすぐす泣いているアンナ様の前で腕組みをして怒っているレイラ様達。

「だから何かの誤解だと言っているでしょう！ 貴女《あなた》達、私とダイアナ様を敵に回したくて!?」

「レイラ様！ 彼女達は私の友人です！ そんなふうに……すぐ家柄を武器にするのはよくないわ……私の誤解です。申し訳ありません」

アンナ様は深々と頭を下げた。でも、周りにいた人達は納得できない様子だ。

「アンナ様はお優しい……」

「それなのに……ねぇ？ 家柄を笠にきて私達を……」

レイラ様は真っ赤な顔で涙目になっているわ。モア様は今にも剣を振り回しそうな勢いで怖いわね。カナリア様はレイラ様が泣きそうなのを察して慌てているし。私は腹が立ってしょうがない。アンナ様の友人はみんな、身分の低い家の者だ。これはゲームと一緒だわ。さて……

「ねぇ……私に一から教えてくださらないかしら？　何があったのか」

アンナ様の友人の一人はビクビク私に怯《おび》えながらも訴える。

「で、ですから！　アンナ様の机をご覧ください！　このように教科書を破られたり！　一人でいる時に誰かに押されてたりするんですよ!?」

「あら、では貴女《あなた》が目撃者かしら？」

「え？　いや……私はただ噂《うわさ》で聞いて……」

「ふふ……あら、貴族の端くれならば噂《うわさ》ごときに踊らされるなんて………笑えるわね」

一気に空気がピシピシと冷える。アンナ様の周りにいた人達は、顔を真っ赤にして俯《うつむ》いた。

「ダイアナ様！　彼女達は私を思っているだけです」

ウルウルした目で私を見つめるアンナ様に私はニッコリ微笑《ほほえ》む。

「あら、私の友人達も私を思って口を挟んだだけですわ。私が何をしたと言うのかしら？」

「……それは……わ、私の……勘違い……です」

「よかったわ、一国の姫君ともあろう方が間違った判断をしなくて。王族や上位貴族の発言は周りを混乱させてはなりませんからね。《勘違い》とアンナ様が言うのであれば勘違いなのでしょう」

いや、どうして、みんな怯《おび》えているのよ？　私、何もしていないわ？　本当に私が悪役令嬢みたいじゃない？　後ろにいるルクアは笑っているけど、ラウルは目が笑っていないわね。

「ダイアナお嬢様……この者達をころ……処罰いたしますか？」

「クラウド……殺気が出てるわ。落ち着いてちょうだい」

耳元でポソッと言うのもダメよ!?　なんて色気のある声なのかしら!!　ボイスレコーダーが欲しいいいい！

ハッ！　それよりも――

「レイラ様、モア様、カナリア様は少し気分が悪いようなので、私達は失礼いたします」

私はレイラ様達と教室から出た。ディールとすれ違うと、彼は、ポソッと私に「すまない」と呟《つぶや》く。そしていつものようにアンナ様のそばに行き、涙を拭いてあげていた。

「ダイアナ様！　かっこよかったですわ！　私なんてあたふたしちゃって……」

「カナリア様、私も内心あたふたでしたわ」

「私、ダイアナ様が出てくれなかったら、まずは男子生徒達を八つ裂きにしていたところです」

……モア様……。私、早くきてよかったわね。

「しっかし、女同士ってこえーな？　モア嬢、お前騎士になるなら忍耐力つけろよなー！」

「ルクア様には言われたくありませんわ」

「それにしても、最近妙に貴族達の序列がバラバラになっていますわ。アンナ様が来てからです」

深妙な顔をするカナリア様。確かに何かがおかしいわね……。ゲームでは、ヒロインは身分の関係ない国を作ろうとしていた。それが関係するのかしら。

トボトボと何やら落ち込んでるレイラ様の少し前をラウルが歩いている。レイラ様はラウルの背中を見ながら、呟《つぶや》いた。

「……将来、王妃となる者が……あんなことも解決できませんでしたわ……ダイアナ様みたく……」

チラッとレイラ様の顔を見てラウルは少しため息をつく。

「……あー……その……君は、君だろう。いつものような自信満々な君はどこに行ったわけ？」

「ラウル王子……」

「おーい！　みんな聞いてくれ!!　美容薬が完成した！」

そこに突然現れた空気読めないセイお兄様に、私達はクスクスと笑った。

＊　＊　＊

日曜日の朝。寒い冬がやってきたわ。窓の外を開けると真っ白な雪が見える。

「凄《すご》い雪……綺麗」

今日こそ私はクラウドをデートに誘うわ！　誰にも邪魔されずに！　す、好きだときちんと伝えなきゃならないもの!!

気合を入れているところに、クラウドから声をかけられる。

「あの……ダイアナお嬢様、本日のご予定がないのであれば、私と少し散策へ行きませんか？」

こ、これは、デデデデートのお誘いかしら!?　落ち着くのよ！　ダイアナ・レイモンド!!

「えぇ……だいじょうび……コホン。大丈夫よっ。あ、でもクラウドはまだ仕事があるでしょう？

あの……家で待つより外で待ち合わせをするのは……どうかしら？」

「外……ですか？　ダイアナお嬢様を待たせるわけには」

「ち、違うの！　たまにはほら、外で待ち合わせも悪くないかと思ったの」

デートっぽいから！　とは言えない。

「……わかりました。一人では危ないので、私が来るまではメイドに付き添ってもらっていてください。すぐに仕事を終わらせて向かいます」

「ええ、待ってるわ」

私は急いでお気に入りのワンピースとブーツに着替えた。クラウドに貰った蝶々《ちょうちょう》の飾りとピアスは大丈夫よね？　先に馬車に乗り、いつもクラウドと行くカフェで彼を待つ。

雪がチラチラ降り始めた。窓際から見える人々はみんな恋人同士なんじゃないかと思ってしまう。

ふふ、ちょっぴり羨《うらや》ましいわね。

「ダイアナお嬢様、クラウドが来たので私はこれにて失礼しますね」

付き添いのメイドがニヤニヤしながら下がる。クラウドとすれ違いざまに、彼の背中をバシバシ叩《たた》いていたわ。どうしてかしら？

「申し訳ありません、少し時間がかかってしまいまして……あの、ダイアナお嬢様？」

クラウドの……し、私服!!　来たわ！　神よ！　以前は黒の一族のものらしいマント姿とか、少年の時はパジャマ姿とか見たけど……大人になったクラウドの私服でご飯三杯はいけるわね!!

「ふっ、クラウド飴《あめ》っこよ……」

クラウドはクスクス笑う。

「遅れてきたのにご褒美の飴玉《あめだま》ですか？」

頬を赤らめているクラウドがカッコイイというか可愛いというか……恋人同士の待ち合わせみたいで嬉しい。

ところが、クラウドは急に何かに気づき、テーブルにあるメニューで顔を隠した。

「クラウド……？　一体どうしたの？」

チラッと窓の外を見ると、あら!!

「ラウルと……レイラ……様？」

レイラ様はルンルンとご機嫌で、ラウルは……もの凄《すご》く不機嫌な顔で沢山《たくさん》の荷物を持たされている。メインヒーローのはずのラウルもレイラ様には勝てない、ということかしら？

なんとなく、クラウドの意図がわかって、私もクラウドの持つメニューの陰に隠れる。そこで、パチッとクラウドと目が合い気づく。顔が近いということに！　うっ、心臓がドキドキしてきたわ。

「あ、か、顔が近すぎたわね！　ご……ごめんなさい……」

「……いえ……私は……」

あ、あれー？　私、本当にクラウドとどう話していたかしら!?　急に黙るのも変よね!?　あれかしら、何か話題を!!

「ダイアナお嬢様……邪魔者はもう見えませんので……少し外に出ましょう」

「あっ！　はいっ……」

クラウドはいつも通りに私を優しくエスコートしてくれた。少し歩くと雪で遊ぶ子供達を見かける。あぁ……なんだろう懐かしいわね。昔ラウルとルクアとクラウドが大きな雪だるまを競って作っていたことを思い出す。

「……ダイアナお嬢様は覚えておりますか？」

「え？」

「いつか一緒に二人のカマクラとやらを作る約束をしましたね」

クラウドは私の手をギュッと握った。え、なぜ手を握るの？　さ、寒いのかしら？　こんなことされたら、勘違い……いや、子供の頃よくしてたし！　でも今は違うというか……

「え、あの……つ、作る？」

「もう少し雪が積もった時にいたしましょう。今日はこれでよろしいでしょうか」

スッと渡されたのは雪うさぎだ。

「雪うさぎだわ……」

ニコッと微笑《ほほえ》むクラウド……いや、もう私の心臓がもたないわ！　カッコイイんですもの!!　そんな笑顔見せたら……ヒロイン――アンナ様もクラウドを好きになってしまう……

「ダイアナお嬢様……？　なぜ悲しそうな……」

クラウドは私の頬をそっと触り、心配そうに見つめてきた。

「あの……以前ダイアナお嬢様に申し上げたと思います……落ち着いたら伝えたいことがあると」

急に何かしら⁉　え、ヒロインを好きとか言わないでちょうだいよ⁉

「私、クラウド・クロはダイアナお嬢様を――」

私を？

「あーいたいたいたいた！　ダイアナ！　クラウド‼」

振り返るとルクアとセイお兄様と……あら、ラウルとレイラ様もいるわ。

「………ちっ」

「クラウド、あー、なんか……わりっ」

急にクラウドは不機嫌になり、ルクア達は何やら顔が青くなる。レイラ様は慌ただしく私のもとへ来た。

「た、大変ですわよ！　ダイアナ様！」

「えっと、何があったのかしら？」

「ヘッ、ヘンリー王子が！　行方不明になりましたの‼　殺されたとの情報もっ！　しかも私達の国がやったのではないかと疑われてますわ！」

「僕の父上、今頃、胃薬飲み放題だね」

ヘンリー王子が……⁉　まさか……そんな……

＊　＊　＊

ヘンリー王子が行方不明という情報が広まり、学園は、大騒ぎになっていた。

異母兄が行方不明になったアンナ様は、涙目になる。

「わ、私の……お兄様がっ……ヒック……誰がこんなこと……」

「アンナ様！　大丈夫ですわ！　絶対ご無事ですもの！」

「俺達も今、父上達にお願いして捜しているよ」

「あぁ……可哀想に」

私達が教室へ入ると、またもや全員、シンと静かになる。もはやこの雰囲気も慣れたわね。

私とレイラ様は自分の席に着こうとして気づく。

「あら？　ラウル達がいないわ」

さっきまで一緒だったのに……どうしたのかしら？

「ラウルは最近ダイアナ様の執事と何やらコソコソしてるんですのよ！　まったく男性は秘密ばかりですわ！」

「ふふ、男の子同士は何かとあるのよ」

確かにクラウドもいないわ、ちゃんと戻ってくるわよね？　その時、声をかけられる。

「あの、ダイアナ様！　私とお茶しませんか？」

「……アンナ様とですか？」

彼女は一体何を考えているのかしら？　断る……なんてできないわよね。彼女は一国の姫でもあるから、友好的じゃないといけない。

「えぇ、ぜひ。楽しみですわ」

私はニコッとアンナ様に笑いかけた。

「あら、では私達もご一緒に参加させていただきますわ」

レイラ様も加わり、本日のティータイムはレイラ様、カナリア様、モア様、アンナ様とアンナ様のご友人達とお茶会ということになった。

そしてそのお茶会。なぜかしら、みんな笑顔なのに、火花が散っているわね。

アンナ様が用意してくれたお茶菓子は、どれも美味《おい》しそう、美味《おい》しそうだけど……すっごくカロリーありそうだわ!! くっ……砂糖は私の敵っ！ また太っちょになるわ！

「ダイアナ様！ どうぞ召し上がってくださいな！」

「……えぇ、ありがとう……あのヘンリー王子の件は、大丈夫？ 早く見つかってほしいですわね」

「ありがとう！ ダイアナ様」

喧嘩《けんか》にはならなそうでホッとしていると、アンナ様が私を見る。

「……ダイアナ様は《ゲーム》とかお好きですか？」

突然の質問に少しビックリはしたけれど……ゲームね。

「私はあまり……チェスを少々するぐらいですわ」

するとアンナ様は可愛らしい顔で紅茶を一口飲む。

「私はゲーム大好きですよ！ 正しい選択肢を選びながら、一つ一つ自分のものにしちゃう。ゲームってなんだかスリルあって楽しいですもの！」

「……？　そうですか……」

彼女……以前と違うような気がするわ。以前の彼女はヒロインらしく可愛らしかったのに……今目の前にいるヒロイン――アンナ様は、危険な匂いがする。ラウルほどではないけど、無邪気な笑顔をしていても目が笑っていない。挑発的に私の中の何かを確かめようとしている。

アンナ様は私に顔を近づけ、ポソッと呟《つぶや》く。

「……ねぇ……どうして太っちょ悪役令嬢が痩《や》せてるのかしらね？」

私は彼女の一言で固まってしまった。

「……それはどういう意味かしら……」

「へへ、私もわからないから聞いてるの！　だって違うんだもの。明らかに。貴女《あなた》だけが」

あぁ、彼女は……私と同じ転生者。そして、彼女も私を疑っている。

「先程、アンナ様はゲームが好きとおっしゃってましたけど、間違った選択をされないことを祈りますわ」

「……ダイアナ様って私と同じかなと思ってたけど、違うみたいね」

「ふふ、おかしなことを言うのね。……違うに決まっているでしょう」

アンナ様はニコニコしながら私に笑顔で語る。

「でもね、もうゲームは始まってるから」

そうしてお茶会は終わり、セイお兄様とルクアがやってきた。

「ダイアナ！」

「ルクア？　セイお兄様⁉　そんなに焦って一体どうしたの？」

「ハァハァ……ダイアナ、よくお、おお落ち着け！　いーか！　深呼吸するんだ」

「セイお兄様が落ち着いてくださいませ」

「……クラウドとラウルが行方不明になった」

「……はい？」

「なんかラウルとクラウドがヘンリー王子の手掛かりを見つけたみたいで……二人でどっか行ってさ……そのまま帰ってこなくて城にも屋敷にもいねーし。……今王子が行方不明だって、国の兵達がそこらじゅう捜し回ってる」

私の後ろにいたレイラ様がショックで倒れた。

ラウルとクラウドが？　なぜ⁉　あの二人がそう簡単に……誰かにやられたりするはずないわ⁉

「……これは……本当に大変なことが起きてきたわね……」

クラウドとラウルは、一体どこにいるの⁉

ゾワッと背筋が寒くなる。私が呑気にお茶会なんてしている隙に……チラッとアンナ様を見ると、彼女は優しく微笑《ほほえ》んでいた。

＊　＊　＊

「――ねえ、なんで僕まで巻き込まれなきゃいけないわけ？」

「…………なぜついてきたんですか」

「いや、君のせいだよね？　こんなどこかもわからない暗い場所って……ねぇ、聞いてるわけ？」

それは約数時間前、ルクア達がヘンリー王子の行方について話をしていた時のことだった。

「ヘンリー王子さ、つい最近俺達の国に来るって言ってたよな？」

「……あぁ、確かに。手紙が来ていた。それなのに行方不明になるなんて、誰かに攫《さら》われたに違いない」

「……多分ヘンリー王子を亡き者にしようとしている、あの者の仕業だろうね」

「は？　誰だよ！　そいつら」

「ルクア落ち着いてよ。僕らが隣国で見つけたじゃないか。後で説明を――クラウド？　どうしたの？」

クラウドは珍しく冷や汗を垂らしながら、急に走り出した。ラウルが慌てて追いかける。

「何急に焦って走ってるのさ！　君らしくもない！」

「……ジオルドの匂いがした」

「は？　君のお兄さん？」

そうラウルがクラウドに話しかけた時、背後から声がかかる。

「あはは！　君達大正解☆」

「「……なっ⁉」」

ふいを突かれた二人は、一瞬で気絶させられた。

そして今、牢屋に入れられているというわけだ。二人はお互いを見て情けないとばかりに、ため息をつく。周りを見渡しても薄暗く、向こうに見えるのは闇。

「……窓もない……洞窟の中みたいですね」

「とにかく、ここから出よう。君と協力するのは嫌だけどね」

「言われなくても私もです」

ドガン‼　二人は同時に牢屋の鉄格子を蹴り壊す。

「……なんだ！　なんだ！　何してる！」

その音に気づいた柄の悪い男達がワラワラと現れ、クラウドとラウルをとり囲む。ラウルは余裕の笑みを見せ、クラウドは相変わらず無表情のまま「雑魚《ざこ》が」と呟《つぶや》いたのだった。

＊＊＊

一方、学園の保健室で私はウロウロしていた。

「い、いないわ！　本当にいないわ！　クククラウド！　クラウド！　クラウドがいないわ！」

本当の本当の本当の本当にいない！　今更だけどいない！　ひょこっと帰ってくるかと思っていたのに⁉

「ダイアナ、落ち着け！」

「ハッ！　かぼちゃのお菓子を餌《えさ》に！」

「ダイアナ……そんなもんで執事は来ないよ……」

「う、うーん……」

気絶したレイラ様はようやくそこで目を覚ます。私はレイラ様と目が合った。彼女は顔を青ざめさせながらプルプル震える。

「……ラウル王子が……行方不明」

「……ククククククラウドもよ……」

カナリア様、モア様も不安がっていた。セイお兄様とルクアは難しい顔をしている。

「とにかく今、国中で捜し回ってる。だけど……いいか、俺達は俺達でクラウドとラウル王子を捜しに行ってくる。だからここで待っててくれないか」

「嫌ですわ」

「うん、よく言うこと聞いてくれたねって……ダイアナ！　嫌とかじゃなくて、こんなよくわからない状況でつっこんだら危険だぞ！」

「セイお兄様こそ。剣を使えないのに、誰かに襲われそうになったらどうするのです」

「痴漢用ヌメヌメ目潰しがあるから大丈夫だ」

……ヌメヌメ目潰しって何かしら……セイお兄様、また変なもの作ったわね。カナリア様をチラッと見ると、笑って誤魔化《ごまか》される。

モア様やカナリア様も、「私も一緒に捜しますわ」、「わ、私もご一緒に！」と申し出た。

ルクアはモア様を押しとどめる。

「こーゆーのは男に任せて大人しくしてろよ。しかもモア嬢、あまり体力ねーだろうが。短時間はともかく、お前に長時間は無理だ」

「は？　貴方、何、私に指示してるんですか、脳筋」

「おまっ！　俺はだなー！」

その時、ドアを叩《たた》く音がし、ディール・アーロンが入ってきた。

「ディール様……なぜここに」

ルクア達はキッと彼を睨《にら》み前に出てくれたが、ディールはそれに構わず私に地図を渡す。そして、申し訳なさそうな顔で言った。

「……多分ここに……ラウル王子達はいるかと思う……洞窟の地図だ……」

「お前！　なんで知ってんだよ⁉」

「……ここに、兵とか、いるから」

ルクアがディールの胸倉を掴んだ。

「……ここにいるのは確かなんだな」

ディールはコクンと頷《うなず》く。ベッドに寝ていたレイラ様が起き上がり、顔を真っ赤にして外に出る準備を始めた。

「ラウル王子を助けに行きますわ！　本当に本当になんて腹の立つことなの‼　そんな奴は無視で

すわ！　行きますわよ！」

「……クラウドもここに……いるのよね？　私も行くわ！」

あぁ……私の推しのクラウドはこの洞窟の中にいるみたい。変な人達に傷つけられてないかしら!?　可愛くてかっこいいもの、心配だわ!!

「「「さあ！　早く男子!!」」」

声を揃えた私達に、ルクアとセイは苦笑いする。

「世の中の女って、たくましいわな」

「……そうだな」

二人も私達の後ろについてきたのだった。

＊＊＊

「――こんなに薄暗い中よく平気で歩けるね」

「……暗いところは慣れているので」

柄の悪い男達を簡単に倒したラウルとクラウドは、薄暗い道を警戒しながらずっと歩いていた。

しばらくしてドアを見つける。クラウドが慎重にドアを開けると、ジオルドが椅子に座っていた。

「……ジオルド」

「あはは☆　わお、やっぱりもう出てきちゃったみたいだね？」

クラウドは拳《こぶし》を握り締め、無言でジオルドに攻撃をする。しかし、ジオルドは余裕でかわす。

「なあーに熱くなってるんだよ？　兄弟水入らず仲良しになろうよ？」

「……一族を見捨て殺した罪は重い……！」

「………へぇ……罪ねー……」

ニヤリと笑うジオルドは、急にラウルの頭を鷲掴《わしづか》みにし地面に叩《たた》きつけた。

「……っがはっ！　……」

「……ラウル王子！」

血を流すラウルの頭を掴みながら、ジオルドは首を傾《かし》げる。

「えーと王子様はー、弟の友達？」

そう聞かれたラウルと、クラウドはムスッとした顔で答える。

「違うっ」

「あはは☆　息ピッタリ！」

「……君さ、僕の頭をいつまで掴んでるの」

ラウルはそう呟《つぶや》き、ジオルドに蹴りを一発入れた。

不意打ちに倒れ込むジオルド。しかし、すぐ立ち上がり、クスクス笑う。

「……あはは☆　ねえ……クラウドさー、覚えてないの？」

「……何を……言いたい？」

「罪、ねー。罪というのはどんなことよ？」

「……それは一族を裏切った貴方が……父と母を殺して」

「誰が？　誰を？　殺したって？」

「…………だから……っ」

クラウドは青ざめた顔で急に固まった。様子のおかしいクラウドの肩をラウルが触る。

「……クラウド？　君……何震えてるの。らしくないよ」

ジオルドはクスクス笑い続けていた。

「あはは☆　思い出した!?　父さんと母さんを殺したのお前じゃん！　俺はお前を虐《いじ》めていた一族を殺しただけなんだけどねー。生き残ってる奴は真相知らないみたいだね！　あのお嬢様もこのことを知ったら、お前を嫌いになって離れていくだろうな☆」

俯《うつむ》くクラウドに、ラウルはため息をつく。

「だから何？」

そんな一言を放つラウルの顔をクラウドは見つめる。

「……君の過去なんて僕はどうでもいいし、というか君にそっくりな顔がもう一人いて、一緒にいるってだけで凄《すご》く吐き気するんだよね。なんでこんなにそっくりなわけ？　まあ、頭の中身が空っぽなのは兄のほうみたいだけど。……とにかく懺悔《ざんげ》があるなら、会ってダイアナだけにしなよ」

「……ラウル王子」

「……僕はダイアナが悲しむのは見たくない」

「レイラ様とは」

「なんでそっちの話⁉」

「貴方こそ、少しは自分と向き合い、レイラ様と会って話をするべきでは」

「…………それなら今、目の前にいる君の兄をなんとかしないといけないよ」

ラウルとクラウドはお互いを見つめてからジオルドを睨《にら》み、戦闘態勢に入る。

「今回だけだからね、君と共闘するの」

「……言われなくても」

二人は一気にジオルドに攻撃を始めた。

＊　＊　＊

「──洞窟ってここか？　なんだよ、森にこんなとこあるの知らなかった」

私達はディールに渡されたメモを頼りに、森の中を進んでいた。ここって……ゲームではヒロインが誘拐されて、王子達が助けるイベントの場所じゃないかしら？

太っちょ悪役令嬢の嫌がらせがどんどんエスカレートして、ついにヒロインを誘拐したのよね。

「そう……ここだったのね」

私達は洞窟の中へ入る。瞬間──

「キャアァア！」

「カナリア様！」

「カナリア嬢！」

「よし！　俺が全員ぶっ倒す！」

「ルクア様！　カナリア様が捕らわれてしまったのです！　ここは落ち着いてくださいませ！」

カナリア様がすぐに捕まったために私達は手が出せず、そのまま牢屋に入れられてしまった。

「ぐすっ……も、申し訳ありません……私のせいで」

「カナリア様、大丈夫ですわ」

その時、レイラ様が何かを見つけたようで、「あら？　出口は見当たらないと思っていたのに、ここの下から空気が漏れているわ」と呟《つぶや》いた。

「本当だわ。小さな子供ならこの穴に入れそうね」

子供なら穴から外へ脱出できるだろうけど……無理よね。

ルクアは、「いや、俺がこの場所ぶっ壊すから大丈夫だって」と言うが、私は反対だ。

「ルクア、ダメよ。音が聞こえて向こうにいる兵達にバレちゃうわ」

「だけど、俺らこのままじゃっ――」

「あ!!」

そこでセイお兄様が何やら閃《ひらめ》いたかのように、自分の胸ポケットにある沢山《たくさん》の薬品の一つを取り出す。その薬を見たカナリア様の顔が青ざめた。

「セイ様っ……それは……」

「カナリア嬢、察しがいいな。これは以前、俺やラウル達が飲んだものだ」

ルクアとモア様も察したようだ。

「……それ、前に俺らが小さくなったやつだよな……まさか……」

セイお兄様は自信満々な顔をする。

「改良したから大丈夫だ！　これを飲んで一度脱出し、王家の騎士団に助けを呼んでくる」

「セ、セイ様だけではダメですわ！　私もついていきます！」

カナリア様もついていくの⁉

「カナリア嬢⁉　貴女《あなた》もその薬を飲むの⁉」

モア様はビックリして止めていたけど、カナリア様はさっきまで泣いていたのが嘘みたいに意気込んでいた。

……んー、不安だわ。大丈夫かしら？

＊　＊　＊

「もうあの子はいなくなるんだわ」

……お母さん……お父さん……何言ってるの？　私はまだ生きてるよ。ろくに見舞いにも来ないくせに、急に悲しむふりばかりして……

入院前、私はゲームばかりしていた。学校へ行ったところで誰かに気を使って過ごさなきゃならないし、友達を作らなきゃいけない。凄《すご》く面倒だもの。その点ゲームはセーブすれば大丈夫だし、失敗したらやり直しができるから楽だ。

そうして目が覚めると、私はオレンジ色の髪をセミロングにした可愛らしい小さな女の子になっていた。

この姿は、あの乙女ゲームのヒロインだわ!!

「うそ……こんなことって……あるんだ。あはは！　凄《すご》い！」

服はボロボロ……だけど容姿だけはズバ抜けて目立つ私。

「アンナ？　鏡なんか見てどうしたの？」

「え？　あ、お母さん……」

同じく私の母も服はボロボロだ。でも後数年したら……ふふ、城から迎えが来てくれる。お姫様なんだもの。そっか、私は《イケパラ王子とラブきゅん物語!!》のヒロインになれたんだ！

「私の推しはラウル王子だけど、あの執事も好きなんだよねー。うわあー楽しみ！　早く私を好きになって、とりあってほしいぃ！」

もっとも今のところ、生活は苦しい。そして、知らない男性達が母を見ては鼻の下を伸ばすのが気色悪かった。

「君はいつも美しいね。そんなボロボロな服よりこれを買ってあげるよ」

「まあ、ありがとう！　娘も喜ぶわ！」

「……娘？　君に娘がいたんだ？」

私の存在に気づいた、男達は、成長すれば母に似るだろうという期待の眼差《まなざ》しを私にも向ける。もっとも、同い年の男子達は私に沢山《たくさん》プレゼントをしてくれた。あぁ、可愛いは正義ってことよね！

とはいえ、毎日つまらない。ゲームがしたくても、ここの世界にはそんなものないのだ。

「つまらないわ。ゲームまで後何年かしら」

一人で池のそばに座っていたある日、すぐ近くに黒い狼が現れた。狼は今にも襲いかかってきそうな目つきだ。

「……ふーん、アンタ私にたてつく気？」

でも、私は死なない。だってヒロインだから、死ぬわけないもの。そう自信満々に狼に話しかけていると、笑い声が聞こえる。

気がつけば、黒い髪を三つ編みにした少年が目の前にいた。

「あはは☆　ねえ！　なんでそんな自信満々なの？」

黒い髪って……珍しい。いや、攻略対象者のクラウドだけじゃなかった？　え、クラウド？　いや、違う。この少年は私より歳上みたい。何より、彼はこんな風に笑うキャラじゃないもんね。

「貴方はだあれ？」

「あはは！　君さー笑顔でいるつもりだろうけど、笑ってないよ？」

それが、ジオルドとの出会いだ。

彼は攻略対象者ではなかったと思う。それなのに時々私に会いに来ては、一緒にゲームをして遊んでくれた。周りの人達をからかったり、動物をしとめたり、時々、宝石を盗んだり……ゾクゾクするほど刺激的な人だ。

「ところで、ジオルド。貴方の顔のアザや傷は誰にやられてるのよ」

「馬鹿親☆」

どこの世界も親って選べないもんよね。私が一番偉くなったら、親も含めて大人がみんな、ひれ伏すようにしたいものだわ。そうジオルドに話すと彼はまた笑う。

「……ねえジオルド。ゲームをしましょう」

「アンナは何を思いついたの？」

「私ね、女王様になりたいの。お城に行ってみない？　私が女王様になれるか、ゲームよ」

森の向こう側には攻略対象者の小さなラウル王子がいるわ。ほんの少しだけ見てみたいし、いずれこの国は私のものになるのだから、今のうちにきちんと確認をしなければならないもの！

「あの城ね。いいね！　行ってみよう！」

私とジオルドはニヤッと笑い、城へ向かった。

ゲームの中で見ていたお城にワクワクしながらたどりつく。ジオルドと私は、子供が入れるくらいの隙間を見つけてコッソリと城の中へ入った。

「うふふ、ラウル王子、絶対可愛いわよねー」

「アンナってさー独り言多いよね☆」

「だって推しの王子の小さい頃を見るなんて嬉しいもの！」

そうジオルドと話をしていると、小さな男の子——ラウル王子が女の子と一緒にいるのが見えた。

「レイ！　僕が王様になったらレイは僕のおよめさんだね！」

そうニコニコと話す王子と嬉しそうに照れている女の子。

は？　何それ。攻略対象者達は全員ヒロインである私にメロメロにならなければ。あの子、誰？

モブ？　少なくとも、悪役令嬢のダイアナじゃないわ。

「なんか……ムカつくわね。あ！　ふふ、いいこと思いついたわ！」

「何？　いいことって」

あの女の子を消せばいいのよ！　そうしたら、ゲーム通りのシナリオになるはず。舞台をきちんと整えないと！

私はジオルドにお願いをして、殺し屋を雇う。そして女の子がいる城の建物に火を放ってもらった。彼女はいなくなる！　これで全て元通りだ！

だが、結局、女の子は助かった。まあ、火事の原因があの女の子だとラウルが誤解して疎遠になったみたいだからよしとしよう。

「アンナって怖いこと考えるねー☆　絶対殺し屋とか向いてるよ！」

「私はヒロイン！　殺し屋じゃないわ！　それより次はジオルドの弟に会いたいわねー」

そう二人でコソコソとしていた時だ、兵の一人に見つかる。

「誰だ！　お前ら!!　怪しー奴!!」

「痛っ!!」

「アンナッ」

ガシッと手首を掴まれて、私は地面にあった大きな石に頭をぶつけ、気絶してしまった。目を覚ますと暗闇の中。声を出しても誰もいない。

一枚の鏡があり、鏡の向こうに私がいた。……いや、あれはゲームのヒロイン？？

……その時から、私は私でなくなった。昼間は私ではないヒロインとなり、真夜中になると私に戻る。

自分の意思ではない行動をとる昼の私にはイライラするわ。でも、少しずつ、少しずつ昼間の私の意識が薄れていく。ようやく解放される。

邪魔者は消して、一から始めればいいのだ。ディールなんて優しい言葉をかければちょろいわ。

ジオルドは夜、私に会いに来てくれている。私の存在を一番知り、理解してくれる友人。

「そろそろゲームを始めようよ☆　アンナ」

勿論《もちろん》！　私が主役だもの！

＊＊＊

「――ダイアナ……昔お前に酷《ひど》いことを言ってすまなかったな……」

「……？　セイお兄様？　何を急にそのようなことを……」

セイお兄様はそう言って小瓶を取り出し、笑顔で飲んだ。

「自慢の妹だって、だけっ」

続いてカナリア様も、「もーどうにでもなれ！　ですわ！」と薬を飲み、二人は小さくなる。

「……よち、だいじょーぶみたいだな！」

「みなしゃんがとても、大ちいでつわ！」

「カナリアじょー、いくじょ！」

「かちこまりまちたわ！」

小さなセイお兄様とカナリア様はあの小さな穴からコソコソと出ていく。「だいじょーびだ！　おーえんをよぶから！」と言って姿が消えた。

ルクアとモア様は呆れた顔で「「……いや……本当何してるんだ（のかしら）」」と見事にハモる。

「……あっという間の出来事だわ」

「そうね……」

そう呟《つぶや》いているうちに、今度はドガーン！　と音がした。振り向くと、ルクアとモア様二人が何やら牢屋を壊している。

「コソコソ、まどろっこしいのは俺には合わねー！　一気に目の前にいる雑魚《ざこ》を潰す！」

「確かに、もういっそう倒しましょう！」

「モ！　モア！　貴女《あなた》レディとして……どうして、急に暴れてらっしゃるの!?　馬鹿なの!?　敵に気づかれて……あぁほら……来たじゃない！」

レイラ様が注意するものの、モア様は平気な顔だ。

「レイラ！　ダイアナ様！　ここは私達に任せて向こうへ逃げてください！」

「でも――」

私も一緒に戦おうとすると、ルクアが制止する。

「ダイアナは強い、剣が似合う、と思ってたけどさ、多分違うわ！　ダイアナはクラウドが淹《い》れたお茶を飲んでる姿が一番だ！」

「ルクア……」

モア様が心配だけど、ルクアはかなり強いことを私は知ってる。涙目でモア様を止めようとしているレイラ様を、私は引っぱった。

「レイラ様！　行きましょう！」

「え!?　やだっ……！　モアがっ！」

レイラ様の手をとり走る。

沢山《たくさん》の敵を次々と倒すルクアに負けまいと剣を振るモア。

「モア嬢！　怪我すんなよ！　よえーんだから！」

「後ろがガラガラ空いてる方に言われたくないわね！」

二人は背中を合わせで敵を倒していた。


「――ハァハァハァ……!!　レイラ様……大丈夫……ですか!?」

「ちょっ……まっ……て！」

あれから、私とレイラ様は更に薄暗い地下の廊下を走っていた。

「ここは……どこかしら？　あら、先の牢屋に誰かがいるわ！　ひょっとしてラウル王子⁉」

「え？　レイラ様！　ちょっと待って！」

レイラ様は何やら牢屋に向かって走っていく。そこにいた人物は私達の声に気づいたのか顔を上げた。もしかして……クラウドかしら⁉　それならどんなに嬉しいか。

「聞いた声だなあと思っていたら、やっぱり！　久しぶりだね！　ダイアナ嬢！　レイラ嬢！」

ところが、そこにいたのは、サラサラしたオレンジ色の髪で背が高い美少年。彼は笑顔で私達に声をかける。

「『え、だれ？』」

レイラ様は「……ラウル王子じゃありませんわ!!」と逆切れした。

この方はもしかして――

「ヘンリー王子!!」

私が声を上げると、レイラ様は驚いた顔になる。

「え？　え？　ヘンリー王子ですの⁉」

「あはは、うん、まいったよ。捕まってしまって」

私は胸元にしまっていた短剣で鍵を壊し、ヘンリー王子を救出した。

ヘンリー王子は手足を縛られて動けない状態だったんだわ……

「……一体誰がこんなことを……」

そう呟《つぶや》くとヘンリー王子は暗い顔になる。

「……妹のアンナだよ。女王様とは彼女のことだった」

私とレイラ様はお互いの顔を見てからヘンリー王子に目を向ける。え？　アンナ姫？　……そもそもゲームでは私が、いえ、悪役令嬢がヒロインをこの洞窟に監禁し、そのルートのキャラが助けてくれる。

それをアンナ姫が……でも最初から……そう……最初から少し違和感を覚えてはいた。彼女は原作ゲームのヒロインとは少し違うような……だけど……

クラウドは……彼女のことをどう思っているのかしら……？

「ダイアナ嬢？　どうしたんだい？　さあ、とにかくここから出よう！」

「……クラウドとラウルもいるかもしれないの」

「そうですわ！　私はラウル王子を見つけたいんですもの!!」

ヘンリー王子は少し考えてから、ニコッと笑う。

「うん、わかった。僕も一緒に捜そう」

そう言って私達がこの場から去ろうとした時、悲鳴が聞こえた。

「ひー！　悪魔が二人もいる!!　逃げろ！」

「だれか助けて助けて！　おれまだ死にたくねえよ!!」

なんだか様子がおかしい。いい大人が号泣しながら、何かから逃げている。

「「……逃げようなんて思うな」」

逃げた男達は一瞬で気絶をし、倒れていった。

「……あっ……」

彼らを倒したのは、なんとクラウドだ。走り回っていたせいか汗だくで、私を見つけてホッとした顔になる。

「……ダイアナお嬢様っ！」

「クラウド……!!」

私はクラウドのもとへ走った。よかった、怪我をしているようだけど無事だったわ!!

クラウドはギュッと私を強く抱き締めてくれる。

ヒロインのことは……気になるけれど、全て終わったら……恥ずかしがらずに、きちんと自分の気持ちを伝えなきゃいけないわね。

「クラウド……右の頬が凄《すご》く腫《は》れているわ。大丈夫？　痛くない？　手から血が……手当てをしなきゃっ、早く……帰りましょう……」

クラウドはコクンと頷《うなず》くものの、私の手を握り黙っている。……なんだかその笑顔はズルイわ。

その時、私の横にいたレイラ様が声を上げる。クラウドの後ろからラウルが現れたのだ。

「ラララウル王子！　頭から血が出ておりますわ!!　あぁ、フラフラじゃありませんか！　ヒックク……っ！　なんでこんな……怪我を……っ！　貴方はこの国の王となる方なんですのよ！　もっと……ご自分を大切にするべきですわっ」

「あのさ泣くのか、叱《しか》るのか、どっちかにしてくれない？」

「どっちもですわ!!」

涙をボロボロと流すレイラ様に、ラウルは困っている様子だわ。二人の世界ね。落ち着いた頃、ラウルとクラウドはヘンリー王子が無事だと知り、早くここから脱出をしようと相談を始める。その時、ドガガガガガン!! と洞窟の横にある壁が壊れた。現れたのは……クラウドの兄ジオルドだ。

「あ☆ 見つけたー！ クラウドとそこの親友王子君、さっきはよくもやってくれたね！」

「「……親友じゃない……！」」

見事にハモっているわよ。クラウドとラウルはいつの間にか親友になったのね、前から仲良しだったもの。ジオルドは私のほうを見てクスクスと笑う。

「……ねえ、そこのお姫様。黒の一族はね、汚れた一族なんだよねー。クラウドはそんな一族、いや、その汚れた仕事を押しつける親達が嫌で我を忘れて殺してしまったんだよね！ そんな男といるのはダメっしょ！」

親を殺した？ 誰が？ クラウドが？ チラッと私はクラウドを見る。彼は目を逸《そ》らし、俯《うつむ》いた。

私はその手をギュッと握り締めてクラウドに微笑《ほほえ》んでから、ジオルドを睨《にら》む。

「……だからなんだというのかしら？ 私はダイアナ・レイモンドよ。レイモンド家の者はそんなことで動じないわ」

いや、実際ビックリというか、何かあるとは思っていたけど!! 私はニッコリ微笑《ほほえ》みながら剣を構える。ラウルやクラウド、ヘンリー王子も前に出て戦闘態勢になった。

「ジオルド！ ここにいた!!」

その時ジオルドの背後から現れたのはヒロイン——アンナ姫だ。彼女は私達の存在に気づく。ヘンリー王子は静かな声でアンナ姫に問いかけた。

「さて……アンナ……一体これはどういうことかな？　君は国を乗っとるつもりだったのか？　こんなに人を巻き込んで」

「お兄様。だって、ゲームでは私が女王になるんだもの！　ラウル王子と結婚して王妃となり、黒髪の子も欲しいからクラウドの子も産むんですもの!!」

「…………………………あ？」

「ダイアナ、今もの凄《すご》い怖い顔しているよ……」

ラウルに言われハッ！　と気づき、自分の頬をパチパチと叩《たた》く。

常に冷静に！　私の顔を見て引いたかしらと隣にいたクラウドをチラッと見ると、気にしていない様子で一安心する。

「お嬢様の怒った顔もまた可愛らしいですよ」

「か、からかわないでちょうだいっ」

「君達さ、二人の世界を作らないでよ」

「ちょっと、アンナ様！　わけわからないことおっしゃらないで!?　王妃になるのは私ですわ!!」

「……レイラ嬢、君が一番黙ってて」

クラウドと私、ラウルとレイラ様四人の会話にヘンリー王子がため息をつく。

「今結構、緊迫した状態なんだけどなぁ。四人見てたら早くお肉食べたくなっちゃった」

プルプルと震えるアンナ姫。

「はあー!?　私はヒロインなのよ！　モブのくせに！　モブはモブらしく、城の火事で死ねばよかったのに!!」

その一言で場が一気に凍る。ラウルからピリピリとした空気が流れてきた。

「……火事？　火事って……母上の思い出の場所……」

ジオルドが笑いながら言う。

「いやーちょっとした子供の悪戯《いたずら》だから☆」

ラウルにいつもの笑みはなく、はっきりと怒っていた。素早い動きでジオルドに攻撃するものの、ジオルドは笑いながらラウルから剣を取り上げて王子のお腹《なか》を刺す。

「キャアァァァ！　ラウル王子!!」

「ラウル！」

「……ぐっ……！」

フラフラと倒れこむラウルを、パニックを起こしながらもレイラ様が支える。クラウドもすぐに応戦した。けれどやはり兄のジオルドのほうが強いみたい！　私も一緒に闘わないと!!　そう決心した時、倒れこむラウルを支えているレイラ様が何やらぶつぶつと呟《つぶや》いて立ち上がる。

「……で……ラウルが……」

ラウルが咳込《せきこ》みながらレイラ様を見た。

「……レイラ嬢……？？？」

レイラ様は涙を一杯流している。

「……ラウルの前では……可愛くて守ってあげたくなるような女の子でいたかったですわ……」

ドガーン！

彼女は洞窟にある硬い壁を拳《こぶし》で崩し、大きな岩を取り出した。いえ、粘土のように……なんというか軽々と岩を作ったというべきかしら？　え？　レイラ様にそんな力あるの⁉

彼女はキッとジオルドを睨《にら》むと、その大きな岩を投げた。

「いいかげんにしてちょうだい!!　これ以上ラウルを傷つけないでくださる⁉」

ジオルドはその岩を避けようとしたものの、後ろにアンナ姫がいることに気づいて動きを止める。アンナ姫を庇《かば》い、血だらけで倒れた。クラウドがポソッと「……誰かを庇《かば》うなんて……らしくない……」と驚く。

アンナ姫は気を失っているジオルドの姿を見てうろたえた。

「……ちょっと……ジオルド……？」

何度もジオルドに声をかける。

「まだゲームは終わってないわ!!　ジオルド！　目を覚ましなさいよ！　私達はまだゲームの途中よ！　早く目を――」

パァアアアアアアアアアアン!!

私はアンナ姫の左頬を思いっきりビンタした。彼女は私を見上げる。

「もう終わりですよ。アンナ姫様」

「私はヒロインよ！　貴女《あなた》は悪役令嬢で――」

パァアン！　今度は右の頬を無言でビンタをした。驚いた顔のアンナ姫は、口をパクパクさせる。

彼女の言動を見て、私は確信していた。彼女――アンナ姫は、私と同じ転生者だ。

すぅっと深呼吸をして、私は彼女に告げた。

「……乙女ゲームはもう終わりよ。アンナ姫」

「……あっ……だって……ここはゲームの世界で……ダイアナ……あんた……あんたもなわけ？　あんたも転生者……」

信じられないという顔で私を見つめるアンナ姫を無視して、私はクラウド達に声をかける。

「とにかく、ここから早く脱出しましょう。ルクア達とも合流しないと」

「そのほうがよさそうですね。……ここは崩れます」

ヘンリー王子も言う。

「さて、そろそろ僕の護衛騎士達も助けに来るはずだよ。アンナ……残念だけど、君とは仲の良い兄妹にはなれない。国へ帰り処分を決める」

そう声をかけても、彼女はそんなことどうでもいいようで、倒れているジオルドに必死に声をかけていた。今まで人を玩具みたいに扱っていたのに……彼女にとってジオルドは特別なのだろう。

「――あ！　いた!!　ラウル！　クラウド！」

「ダイアナ様！　レイラ！」

振り向くとルクアとモア様が来ていた。無事だったみたい。レイラ様はそんなモア様を見てため息をつく。

「体が弱いのに……貴女《あなた》はっ！」

「あら、レイラ。とうとう力を出しちゃったのね」

モア様はケロッとした顔で、むしろレイラ様に苦笑する。

「……ジオルドッ！　貴方、早く起きなさい！　私は……私達は最後に笑う側よ！　ほらっ！　早ぐっ……なん……で……ゲーム……ッ……わだじ……」

泣いているアンナ姫の両手をモア様が縛りあげ、ボロボロになったジオルドはヘンリー王子とルクアが身動きが取れないように縛った。

その時、ゴゴゴゴゴ……と低い音がする。

洞窟が揺れている？　崩れそうだわ。そう心配していると、ジオルドがパチッと目を覚ました。

「ゲホ……あー……時限爆弾があったんだ☆」

「「「はあああぁぁあああああああああ!?」」」

「お前さ！　そーゆの笑って言うなよ！　みんな出るぞ！」

ルクアとヘンリー王子はジオルドを引っ張りだし、モア様はグズグスしているアンナ姫の顔をつねって誘導する。

「……っ、ほら……僕らも行くよ」

「ラウル！　貴方……凄《すご》い血が……このまま動いたら」

「ダイアナ……僕は大丈夫だから——って！　え！　ちょっ!?　レイラ嬢!?　下ろしてよ！」

いつの間にかラウルをかかえ上げていたレイラ様が、泣きながらキレる。

「いいから、黙って抱かれていらっしゃいませ!!」

「……あ、ハイ……」

彼女の気迫に負けたのか、ラウルは恥ずかしそうにお姫様抱っこをされた。

一方、フワッと私を優しく抱き上げるクラウド。

「え？　あの……クラウド？　私は走れるわ」

「これ以上、お嬢様の綺麗な足を傷つけたくありませんから」

確かにスカートの裾《すそ》はボロボロで、足には擦《す》り傷《きず》があるけれど……顔が近いから……その……緊張しちゃうのよね……

チラッとクラウドを見ると、彼はニコッと笑いかけてくれる。

「お嬢様、これが終わりましたらお話があります」

「……わ、私もよ！　クラウドに沢山《たくさん》伝えたいことがあるの」

私とクラウドは見つめあいながら、出口へ向かった。

そう、推しとかゲームとか関係なく……

クラウドが好きで一緒にいたい気持ちを、私は伝えなきゃいけない。

ゴゴゴゴッ……と洞窟が揺れ動く。私達はひたすら走り、ついに真っ暗な闇の向こうに光が見えた。

「よっしゃ！　外だ！」

ルクアが周りを警戒しながら先頭で出ていく。

光の向こうの先には我が国の騎士団とヘンリー王子の兵達が待っていた。

「いもうとが！　ダイアナが！　ともらちがいるんだ！」

「ダメでつわ！　セイちゃま！」

泣きじゃくる小さなセイお兄様が我先に洞窟の中へ入ろうとしている。それを小さなカナリア様が必死で止めていた。二人共、無事騎士団を呼んできてくれたのね！　でも、まだ薬の効果が切れていないようだわ。

ルクアが小さなセイお兄様を見て笑う。そんなルクアの笑い声に気づいたセイお兄様とカナリア様がトタトタと私達のほうへ走ってきた。

「ダイアナ！　みんな！」

「うぁああん！　よかったでつわー！」

二人共、子供のように大泣きして喜ぶ。クラウドと私は目を合わせ、クスクスと笑いあった。

その瞬間、ドガーン！　と洞窟が崩れ落ちる。

一歩遅かったら全員……死んでたわね。よかった……本当によかった。

「ラウル王子！　死なないでくださいませ！」

「レイラ嬢、うるさいよっ！　大丈夫だから、下ろしてよ!?　少し刺されたくらいで大げさなーって、泣かないでよ……はあ」

ラウルは泣いてるレイラ様を宥《なだ》め、ルクアはルクアでモア様とまた何やら喧嘩《けんか》をしている。

「ク、クラウドっ、あの……私ももう歩けるわ。大丈夫よ」

クラウドはニコッと微笑《ほほえ》みそっと優しく下ろしてくれた。

「――王子二人とその友人達に危害を加えた二人を捕らえよ！」

あら、急に現れたのは、ラウルの父シルビア王だわ。以前お会いした時はとても物腰の柔らかい、亡くなった奥様の絵を描くのが大好きな方だったのに、今はキリッとしていていかにも王様って感じね！

私がチラッとアンナ姫を見ると、彼女は信じられないという顔をしていた。

「……な、なんで……ここでは悪役令嬢が捕まって断罪されて……なんでっ」

とぶつぶつ、呟《つぶや》いている。

「ア、アンナ!!」

駆け寄るディールの手をパシッと振り払い、アンナ姫は彼を睨《にら》んだ。

「あんたが、情報を漏らしたんでしょ!!　裏切り者！　大っ嫌いよ！」

「……アンナ……」

一方、ボロボロの状態のジオルドは兵達に更にキツく縛られて手足が動かないようだ。それでもクラウドに馬鹿にしたような声をかける。

「ははっ……クラウド、弱いくせに、お前は黒の一族の重荷を背負うことができんのか？」

「……俺はあんたと違って、もう逃げたりしないからな」

そうクラウドが答えると、ジオルドはポソッと何やら呟《つぶや》く。そのまま兵達につれていかれた。それを見たアンナ姫が慌てた様子で暴れる。

「ちょっと！　ジオルドをどこにやるのよ！　彼に何かしたら許さないから!!　手を離しなさい！　私はヒロインなのよ!!　離しなさいよ!!」

「……アンナ、やめよう。僕も罪を償《つぐな》うから……ね」

「裏切り者は黙っててよっ！　なんで私がこんな目にっ」

ディールが諭しても納まらないアンナ姫を、ヘンリー王子が低い声でたしなめる。

「アンナ、君には色々と罪を償《つぐな》ってもらう。ディール君、君も取り調べだ。さあ、行こう」

アンナ姫は最後まで「ここの世界はおかしい！」と騒いでいた。彼女に代わり、ヘンリー王子が私達に頭を下げる。

「愚妹の行動は、国同士の争いの火種になりかねない。いえ、もう既になっていると思います」

騎士団達に手当てされたラウルは、ふらふらとヘンリー王子のところへ歩いていった。

「何が？　戦争とかにはならないよ」

「……っ！　でも現に君はこんな大怪我をしてっ……」

「野党に襲われた。それだけだよ」

すると、ヘンリー王子は更に頭を下げて、また後ほどお詫《わ》びに伺うと言い、その場から立ち去る。

レイラ様もラウルに付き添い、ルクアとモア様は騎士団の方達と共に城に向かった。セイお兄様とカナリア様はそこで自分達が小さいままだと焦り始め、薬草学の先生の所へ急ぐ。

そうして、なんだか慌ただしく、私とクラウドは屋敷へ戻った。

「ダイアナお嬢様！」

「キャン！」

屋敷ではユエとメイド達と家族が迎えてくれる。みんなとても心配をしていたようだわ……

クラウドもみんなに頭を撫《な》でられた。少し離れた所では、タラと黒い服装をしている何人かと大きな狼がこちらを見守っている。私がジッと見つめていると、彼らは姿を隠した。

「ふふ……恥ずかしがりやさんな人達ね」

「……タラ達ですか？」

「えぇ。すぐに姿を隠しちゃったわ」

クラウドによると、タラさん達と狼の群れは、洞窟の周りからずっといたらしいわ。やはり暗殺一族とやらは隠れるのが上手なのね。

クラウドはギュッと私の手を握る。

「……兄ジオルドの罪は重いです。そして、多分私にも、なんらかの処分があるかと……我々黒の一族は人を沢山《たくさん》殺していた一家。その業を背負わせようとする母と父の仕打ちに耐えきれず……私は親を……私は冷たい人間です」

苦しそうな、悲しい表情で、クラウドが自分の過去を話す。私はそっと彼の頬に触れた。

「……クラウド……クラウドは温かいわ。私ね、クラウドの過去をすぐに……全て理解できないかもしれないわ。それでもね……それでも……私にとって……クラウドは大切な人よ」

クラウドの瞳は少し大きくなり、頬が赤くなる。

「……ダイアナお嬢様……私は……私は貴女《あなた》を愛しています。心から……」

「……ふふっ……私もよ……私もクラウドを愛してるわ」

やっと言えた。伝えられた。

私達は笑いながら見つめあう。

「コホン!! えー……あー……、ダイアナお嬢様、クラウド。屋敷全員の前で、二人の世界はご遠慮していただきたいですな」

そう執事長に言われてハッと気づくと、屋敷の者全員がウンウンと頷《うなず》いていた。

「いつクラウド君がお嬢様に告白するか、ワクワクしてましたもんねー！」

「お嬢様が鈍感すぎて、クラウドは哀れでしたし！」

「あらでも、お嬢様だってクラウド君を意識してるの丸わかりだったじゃない」

「「当の本人達が空回りしてただけですね」」

「ガウッ！」

みんなに言われ放題の私とクラウド。父と母にも反対する気持ちはないようだ。

みんな……気づいていたのね。なんだか恥ずかしいわ……

クラウドは真っ赤になっているであろう私の顔を愛しそうに見つめ、手を握ってくれた。

7

ヒロイン・アンナ姫と攻略対象者の一人ディール様は、自主退学とされた。

学園のみんなは二人の自主退学に驚いて色々と噂《うわさ》していたけれど、数ヶ月も経つと段々と忘れていく。

ラウルは私には、アンナ姫達がどうなったか、詳しくは教えてくれなかった。ただ《幽閉》とだけ……

本当にそうなのかしら？　クラウドも知っているようなのに、あの笑顔に誤魔化《ごまか》されて何も聞けなくなっちゃうのよね。

「ダイアナ。今日はクラウドと一緒じゃないの？」

「あら、ラウル。クラウドは今セイお兄様とルクアに呼ばれているので、私はここで待ってるのよ」

「これからクラウドとデート？」

「ラウル、私そんなに顔に出ていた⁉　いえ……放課後デートとやらをしたいという私の我儘《わがまま》に付き合ってもらうだけで、えっ、私、わかりやすかったかしら」

「うん、丸わかりだね」

常に冷静な令嬢のつもりなのに、犬みたいにはしゃいでいるみたいいっ！

ちょっと恥ずかしいなと顔を火照《ほて》らせると、ラウルが呆れた顔になる。

「……クラウドと両想いになってよかったね」

「ふふ、ありがとう」

ラウルはジッと私を見つめた後、笑顔を向けた。

「僕ね、ダイアナ。君のことが好きだったよ。友人としてではなく、一人の男として」

「……へあっ⁉」

やだわ、ビックリして阿呆《あほう》みたいな声を出してしまったわ。え⁉　ラウルが私を好きだった⁉

いやいやいやいや、ちょっと待ってちょうだい！　私にはクラウドがいて、それに……それに、あら？　好きだった？

「……過去形ね？」

「うん、過去形だけど、ダイアナには伝えたかったからね」

「……えっと、なんて言ったらいいかわからないけど……ありがとう。貴方は最高の友人だわ」

そうラウルに伝えると、彼は笑いながら「それなら僕は、最高に幸せな友人だねっ」と言う。なぜか私達は握手をした。

ラウル……彼はヒーローで、一番人気のキャラクターであったわ。爽《さわ》やかで王子様！　という感じなの。でも本当は、普通の男の子でクラウドに負けないいくらい負けず嫌い。

次期国王としてもふさわしい、威厳のある人……そして最高の友人だわ！

「好きだったということは、今は別に気になる方がいるのよね。もしやレイ……」

「ストップ。今色々と考え中だからね」

「ふふ、ラウルを悩ませるご令嬢は凄《すご》いわね？」

「……ダイアナ以上かもね……」

「ふふっ」

そうラウルと笑いあっていると、クラウドが現れる。

「何、ダイアナお嬢様の手を握っているんですか……ラウル王子」

彼はラウルを睨《にら》み、私の手をとった。

「君、これくらいで焼きもち妬《や》いてちゃダメだよ」

「――ダイアナっ」

「あ！　いたいた！　ダイアナ！」

「ダイアナ様ー！」

「ダイアナ様っ」

「んまー！　ラウル王子！　こんなところにいましたのね！」

クラウドの後を追ってきたセイお兄様、ルクア、カナリア様、モア様、レイラ様もやってくる。

「まさか私達のデートをまだ邪魔するんですか？　腹黒王子」

「なんだか君の顔を見ると邪魔したくなるんだよね」

「あー、あいつらまたやってるよ」

「まあ、もう慣れたけどな」

そんな四人のやりとりを見て私は笑顔になる。

太っちょ悪役令嬢から抜け出すためのダイエットから始まった物語――

大好きな恋人、そして頼りになる友人達ができた。

私って幸せものよね！

「…………ダイアナお嬢様？　どうされましたか？」

キョトンとした顔で私の顔を覗くクラウド。

私は彼にもう一度言った。

「私、クラウドが大好きだわっ！」

＊　＊　＊

《十数年後》

金髪に青い色の瞳の小さな男の子がお花を持ってパタパタと走っていた。男の子が向かった先は、城の庭。そこの椅子にちょこんと座っている、黒く緩やかなウェーブ髪と緑色の目をしている可愛らしい女の子のもとだ。

「サフィー！　いたあ！　さーふぃー！　あのね、ぼくね、お花みちけた！　だいすきなサフィーにあげゆ！」

女の子はそれまで見ていたアルバムから顔を上げる。

「しずかにちて。うるつぁいの、いや……」

「あう……ごめんたい。ねえー何みてたの？」

「ママとパパのおしゃしん……でもママさがしてもいないの」

「あー！　僕のちちーうえとははーうえ！　おともらちもいるね！」

「……ママと同じかみのけの人はいるの」

「ほんとだーサフィーのママはいないね！　もっとまんまるさんだもんね！」

「まんまるのママ、わたち、すき」

「さっきね、ちちうえとははうえと、サフィーのパパとママ、あとね、セイおじたま達もね、いたんだよ！　聞きにいこう！　サフィーのママどこだーって！」

コクンと頷《うなず》く女の子。男の子はニコニコしながら、その手を握って二人で一緒に歩いていった。

「ねえねえ！　あともすこし、おっきくなったらお嫁さんなってね！」

「ん」

小さな女の子は頬を赤くし、小さく頷《うなず》く。

彼女が持つアルバムの中では、ダイアナとクラウドが幸せそうに見つめあっている……

それはダイエットをしていた頃のウェディング姿のダイアナとタキシード姿のクラウドが、笑顔で祝福されている写真だった。

新＊感＊覚　ファンタジー！

Regina レジーナブックス

レジーナブックス Regina

地味令嬢、いつの間にか
ヒロインポジション!?

乙女ゲームの攻略対象者筆頭に溺愛されています。
〜モブですらないのにナゼ？〜

棚《たな》から現《げん》ナマ
イラスト：藤実なんな

妖精のように愛らしい妹と比べられ、誰からも愛されてこなかった、男爵令嬢クレア。けれど、ひょんなことから前世の記憶を取り戻し、自分を虐げる家族から独立することを決意！　まずは仕事を探そうと出かけた街で、年下の少年ライオネルと出会い――ってあれ？ここって乙女ゲームの世界だったの⁉　モブ以下のはずなのに、なぜかクレアは乙女ゲームのストーリーに巻き込まれているようで……

詳しくは公式サイトにてご確認ください。

https://www.regina-books.com/

携帯サイトはこちらから！

この作品に対する皆様のご意見・ご感想をお待ちしております。

おハガキ・お手紙は以下の宛先にお送りください。

【宛先】

〒150-6008 東京都渋谷区恵比寿4-20-3 恵比寿ｶﾞｰﾃﾞﾝﾌﾟﾚｲｽﾀﾜｰ８Ｆ
（株）アルファポリス　書籍感想係

メールフォームでのご意見・ご感想は右のＱＲコードから、
あるいは以下のワードで検索をかけてください。

アルファポリス　書籍の感想　検索

ご感想はこちらから

本書は、「アルファポリス」（https://www.alphapolis.co.jp/）に掲載されていたものを、改稿、加筆のうえ、書籍化したものです。

太《ふと》っちょ悪役令嬢《あくやくれいじょう》に転生《てんせい》しちゃったけど今日《きょう》も推《お》しを見守《みまも》っています！

くま

2021年 2月 5日初版発行

編集－黒倉あゆ子
編集長－太田鉄平
発行者－梶本雄介
発行所－株式会社アルファポリス
〒150-6008 東京都渋谷区恵比寿4-20-3 恵比寿ｶﾞｰﾃﾞﾝﾌﾟﾚｲｽﾀﾜｰ8F
TEL 03-6277-1601（営業） 03-6277-1602（編集）
URL https://www.alphapolis.co.jp/
発売元－株式会社星雲社（共同出版社・流通責任出版社）
〒112-0005 東京都文京区水道1-3-30
TEL 03-3868-3275
装丁・本文イラスト－はみ
装丁デザイン－AFTERGLOW
（レーベルフォーマットデザイン―ansyyqdesign）
印刷－図書印刷株式会社

価格はカバーに表示されてあります。

落丁乱丁の場合はアルファポリスまでご連絡ください。

送料は小社負担でお取り替えします。


ISBN978-4-434-28418-2 C0093